物感与知觉的相遇

刘勰与梅洛-庞蒂诗学中的心物关系结构论比较研究

王光祖◎著

中国言实出版社

图书在版编目(CIP)数据

物感与知觉的相遇：刘勰与梅洛–庞蒂诗学中的心物
关系结构论比较研究 / 王光祖著. —— 北京：中国言实
出版社，2024.9. —— ISBN 978-7-5171-4950-7

Ⅰ. I207.22；I565.072

中国国家版本馆CIP数据核字第2024KM0527号

物感与知觉的相遇：刘勰与梅洛–庞蒂诗学中的心物关系结构论比较研究

责任编辑：王战星
责任校对：代青霞

出版发行：中国言实出版社

地　　址：北京市朝阳区北苑路180号加利大厦5号楼105室
邮　　编：100101
编辑部：北京市海淀区花园北路35号院9号楼302室
邮　　编：100083
电　　话：010-64924853（总编室）　　010-64924716（发行部）
网　　址：www.zgyscbs.cn　电子邮箱：zgyscbs@263.net

经　　销：新华书店
印　　刷：北京铭传印刷有限公司
版　　次：2024年11月第1版　　2024年11月第1次印刷
规　　格：710毫米×1000毫米　　1/16　　12印张
字　　数：160千字

定　　价：75.00元
书　　号：ISBN 978-7-5171-4950-7

前　言

　　心物关系，既是哲学上主观意识如何认识客观世界的认识论问题，也是审美与艺术活动中人与自然社会关系的理论追求和终极关怀。"心"和"物"的关系从根本上说就是主体与对象关系的结构形态。中西方对"心"和"物"关系的讨论由来已久。中国古典哲学和美学的起源时代就产生了朴素的"物感"说；西方早在古希腊时代，先哲们就已经开始探索人与外在宇宙世界关系的哲学命题。魏晋南北朝时期，刘勰在其《文心雕龙》中逐渐形成了成熟的"物感"理论，作为"主体"的"心"因触"物"而兴情，在心物联动中实现心物交融的审美状态。法国现象学家莫里斯·梅洛－庞蒂（Maurice Merleau-Ponty）继承和改造了胡塞尔的"先验现象学"，提出了以"身体—主体"为核心范畴的"知觉现象学"，颠覆了自笛卡尔以降的身心二元论，将"身体—主体"和"生活世界"看成具有同质性的"肉"，实现审美结构中主体与对象平等的交流，进而实现心物统一。

本书以中国魏晋南北朝时期文学批评家、文艺思想家刘勰的"物感诗学"和法国当代现象学家梅洛－庞蒂的"知觉诗学"作为研究对象，聚焦两种诗学思想中的"心物关系结构"理论，勾勒出一个跨文化比较视域下"一体四翼"的心物关系结构对话体系。其中，"一体"是物感诗学和知觉诗学中"心物关系结构"对话体系的核心问题，"四翼"是指"范畴结构""思维结构""体系结构""话语结构"四个具体进行阐释和对话的维度层次。全书从物感与知觉范畴发展历史与诗学形态内涵的梳理和辨析入手，对中西两种诗学的入思方式进行对比剖析，进而引出审美过程的体系框架和话语结构范式的对话阐释。全书由绪论和五章构成，总体上可以概括为三个部分：问题篇、宏观结构篇和微观结构篇。

绪论部分首先交代了问题研究的缘起并对本书选题的研究对象作了学理上的说明，从比较诗学研究的角度界定了研究对象的基本范围。其次介绍了国内外关于刘勰与梅洛－庞蒂诗学研究的现状，最后阐述了本书的研究思路、方法和意义。

第一章"刘勰与梅洛－庞蒂诗学中的心物关系结构论的比较基石"是问题篇，即所谓的"一体"，是整个比较框架的核心命题。本章界定了"诗学心物关系结构"的概念和物感与知觉诗学中心物关系结构论的基本内涵，对比较对象得以展开对话的逻辑上的可行性与学理上的可操作性进行了梳理和说明，同时对比较标准的合理性进行了评估。

第二、第三章是宏观结构篇。第二章"刘勰与梅洛－庞蒂诗学中的心物关系论之范畴结构"是在中西方哲学、诗学历史中梳理诗学心物关系结构中的"心"和"物"两个范畴以及"心物关系"理论的历史演变、表现方式、基本内涵和诗学形态，架构宏观的范畴概念的历史发展体系。第三章"刘勰与梅洛－庞蒂诗学中的心物关系论之思维结构"，深入到范畴结构表现的深层文化思维差异中并将思维结构分为"本源性"和"实用性"两类。本源性思维结构即入思方式，是根深蒂固的文化思维层面，是"不变的"本质性内容；实用性思维结构是"物感"诗学和"知觉"诗学的具体的思维方法和程序路径，是"可变"的内容。

第四、第五章是微观结构篇。第四章"刘勰与梅洛－庞蒂诗学中的心物关系论之体系结构"将心物关系结构纳入刘勰与梅洛－庞蒂诗学的理论体系建构和话语形态呈现的对话维度中探讨。共分三节，即"审美对象的存在方式""审美活动的过程结构""审美理想的终极指归"。从这三个方面建立起一个纵向的心物关系结构的诗学体系，在"物感"与"知觉"的基本理论点的对比言说中发掘各自的精神实质，探寻刘勰和梅洛－庞蒂心物关系结构实现的具体路径。第五章"刘勰与梅洛－庞蒂诗学中的心物关系论之话语结构"，选择了三对话语范畴进行比较研究，包括"心物应答"与"可逆性"，"审美意象"与"肉身化"，"神与物游"与"含混性"，话语范畴在相互对话和言说中可以寻找互补的可能，形成心物关系诗学的跨文化对话。可以说，物感诗学与知觉诗学的体系与话语得以互动和交流的前提是建立在审美超越、自然主义和主体间性三重对话维度之上，通过对比分析和对话阐释可以发现，物感诗学是在诗与思的交融中走向审美的情感超越，知觉诗学则在思与非思中获得审美的感性经验进而重返世界的原初状态。前者对人格生命存在的追逐让中国传统诗学的审美境界充满蓬勃的生命意识，后者则在追求深度存在的审美空间和美学效应中重返野性蛮荒的世界。他们都共同指向一种生命与自然和谐共生、深度交融的主体间性的生存境遇和审美理想。

从比较的视野来看，刘勰和梅洛－庞蒂心物关系结构的可通约之处在于主体与对象的结构都指向一种超越主客对立、达到主体间性的超越关系模式。刘勰处于中国古代历史时期，其认识论还处于自然主义的阶段；梅洛－庞蒂的"知觉现象学"则是对西方近现代意识哲学、主体性美学的反拨，主张回到意识产生的原点，这在某种程度上与刘勰的"物感"理论相遇。在差异、融合、转换的对话中进行比较的学理分析，在"一体四翼"的框架中对研究对象进行互证、互鉴、互补的比较研究中，将为促进中国传统诗学的现代化转型和中华民族诗学的现代化建构提供可能。

目　录

绪　论……………………………………………………………… 001

第一章　刘勰与梅洛－庞蒂诗学中的心物关系结构论的
　　　　比较基石…………………………………………… 019

　第一节　何谓诗学中的心物关系结构 ……………………… 019

　第二节　刘勰与梅洛－庞蒂诗学中的心物关系结构的
　　　　　可比性分析 ………………………………………… 027

第二章　刘勰与梅洛－庞蒂诗学中的心物关系论之
　　　　范畴结构…………………………………………… 036

　第一节　范畴结构的历史演变与表现方式 ………………… 037

　第二节　范畴结构的诗学形态与内涵 ……………………… 057

　第三节　范畴结构组合的基本特征 ………………………… 082

第三章　刘勰与梅洛－庞蒂诗学中的心物关系论之
　　　　思维结构…………………………………………… 092

　第一节　思维结构的本质内容及基本特点 ………………… 093

第二节　思维结构的系统要素及模式类型 …………………… 102

第三节　思维结构的具体方法及程序路径 …………………… 112

第四章　刘勰与梅洛－庞蒂诗学中的心物关系论之
体系结构 ……………………………………………… 118

第一节　审美对象的存在方式：感性的"世界之肉"

与诗性的"物色相召" …………………………… 119

第二节　审美活动的过程结构：身体的在世界中与

心物联动 ………………………………………… 128

第三节　审美理想的终极指归：深度存在与生命存在 …… 135

第五章　刘勰与梅洛－庞蒂诗学中的心物关系论之话语结构 143

第一节　主客统一的互补："心物应答"与"可逆性" …… 145

第二节　审美主义的互鉴："审美意象"与"肉身化" …… 152

第三节　主体间性的互证："神与物游"与"含混性" …… 158

结　语 ……………………………………………………… 168

参考文献 …………………………………………………… 172

后　记 ……………………………………………………… 182

绪　论

　　自平行研究突破将传统比较文学看成是实证性的国际文学关系史模式开始，"跨文化""跨民族""跨语言"的学科立场与"异质性""对话性"的学科意识让不同文明之间理论问题的交流与碰撞现象变得尤为凸显。因此，比较诗学逐渐成为比较文学研究的必然趋势。就比较诗学研究的现实意义看，比较诗学与全球化的发展关系密切。它的发展必然使不同文化的差异性、类同性得到广泛的交流和对话。正是这种逻辑性的比较和平等的言说，使不同民族文化的交流实现了"藉异识同""由无而有"的阐释过程和效果，大大丰富了比较诗学的研究范围和研究内涵，也让同与异、是与非、像与不像之间的灰色阐释空间得到极大的拓展。

　　本书引入诗学的心物关系结构，正是立足于中西诗学整体性与相似性范畴概念的总结和概括，是在跨文化、跨民族的比较视野下探究中西异质诗学思想比较研究的实践。对刘勰与梅洛－庞蒂诗学思想的比较研究，也是古今中外诗学四重空间维度对话的一次尝试。

一、刘勰与梅洛 – 庞蒂诗学的心物关系结构比较缘起

在西方文化与学术体系中，"诗学"这一术语最早可以追溯到古希腊亚里士多德，他根据人类活动的区别将科学划分为三类：第一类为理论性科学，包括数学、物理学等；第二类为实践性科学，包括政治学、伦理学等；第三类为创造性科学，包括诗学和修辞学。亚里士多德的著作《诗学》现存 26 章，主要讨论悲剧和史诗等体裁。从内容上看，全书论述了艺术的分类标准和诗的起源、悲剧的本质与功能、悲剧的创作与构成要素等内容，并对史诗与悲剧进行了比较，提出批评家对诗人的指责并给出反驳指责的方法与原则。《诗学》一书是西方文艺理论与美学研究史上最早的，也是具有里程碑意义的重要著作，后世的文艺思想家如古罗马贺拉斯的《诗艺》、17 世纪法国诗人布瓦洛的《诗的艺术》、俄国形式主义理论家托马舍夫斯基的《诗学的定义》等都是在文学理论与文学批评理论的意义层面使用"诗学"这一概念。因此，在西方话语体系中，诗学（poetics）主要指文艺理论和文艺批评理论。在汉语语境下，"诗学"主要是指关于诗歌创作实践、技巧技艺以及诗歌批评等相关理论的研究。在一定范围下，"诗学"还指与《诗经》研究相关的学问。中国古代有诗话而无诗学，诗话一般都是偶感杂记，信手拈来，比较凌乱而不成体系，这是中华民族独具特色的诗论方法。因此，在中国传统学术文化体系中的"诗学"总体上来说是关于诗歌研究的学问，并不包括广义的文艺理论与文艺批评理论。根

据本书的研究对象，我们采用"诗学"这一概念，主要原因是所提出的"心物关系结构"这个组合概念涉及人类审美与艺术活动的相关理论，因此"诗学"概念能较好概括两个对象研究的逻辑起点。也就是说，我们所提出的诗学比较研究主要是文艺理论层面上关于刘勰与梅洛－庞蒂心物关系结构的对话与阐释。

涉及异质诗学的比较研究就进入了比较文学中的一个重要领域——比较诗学。作为比较文学研究的重要分支"比较诗学"（comparative poetics）产生于 20 世纪 60 年代，法国著名比较文学家艾田伯在《比较不是理由：比较文学的危机》中提出："历史的探寻和批判的或美学的沉思……它们必须互相补充；如果能将两者结合起来，比较文学便会不可违拗地被导向比较诗学。"[①] 比较诗学进入比较文学学科是比较文学研究领域深入拓展的结果。它不仅带来比较文学研究空间的扩展，使比较文学具有理论研究的深度，而且比较诗学以其理论视野的对话言说和互补阐释，将带动比较文学研究的突破。杨乃乔在跨文化、跨语言的比较视域融合的基础上指出，"比较诗学研究的视域融合是比较诗学研究主体整合、汇通外域学术文化视域与本土学术文化视域，整合、汇通诗学文化视域与相关学科的文化视域所形成的交集，并以此构成了比较视域；交集是在全球化时代具有国际学术眼光的比较诗学研究者汇通世界诗学的理论场域；比较视域不在于'比较'，而在于汇通的融合中整

---

① 干永昌，等.比较文学研究译文集［M］.上海：上海译文出版社，1985：116.

合出崭新的学理意义"①。我们可以这样理解"比较诗学"的定义，它是立足于跨民族、跨语言、跨文化、跨学科的中外文艺理论的比较研究，它是将不同国别的文艺理论及其历史文化传统熔铸、整合在一起的多维文化透视的比较研究，它建立在比较视域基础上，追寻研究对象之间普遍性、差异性、汇通性的对话，达到跨越性、超越性、对话性的异质诗学和异质文化的视域融合。

中西两大文化系统表现出各自不同的文化特征决定了比较诗学研究的跨民族、跨文化、跨语言的立场。文化间的交往是互为认证、互为通变的，是互识、互动、互补的动态关系和呈现过程。刘勰与梅洛－庞蒂诗学的心物关系结构论，作为跨文化的中西比较诗学研究，也必然要在整体性、结构性、辩证性中，既找到二者可以通约的可比性条件，搭建起对比研究的合法性模式和标准；又要在具体的逻辑推理和对比分析中发现表现其同异关系背后的具体机制。

刘勰，字彦和，约出生于南朝宋明帝泰始元年（465），东莞郡莒县（今山东莒县）人。生长于京口（今江苏镇江），经历了宋、齐、梁三代，是中国古代著名的文艺思想家和文学批评家。刘勰出身望族，但到他父亲时家道已经开始衰落，他幼年失父，20岁左右母亲也去世，由于家贫不能婚娶，大约二十三四岁时，跟随名僧僧佑住在建康定林寺协助整理佛经。刘勰苦读10余年，"博通经论"，对儒学经典、佛学著作、诸子百家、诗骚辞赋等进行了深入

---

① 杨乃乔.比较文学概论［M］.北京：北京大学出版社，2014：450.

研究，大约在 5 世纪末 6 世纪初写成了文学理论巨著《文心雕龙》。《文心雕龙》被认为是中国文学批评史上"体大虑周"的诗学思想精华，是中国传统文论与诗学体系化、理论化的代表之作。56 岁时刘勰出家为僧，法名慧地，不到一年逝世。

莫里斯·梅洛–庞蒂（Maurice Merleau-Ponty，1908—1961），法国著名哲学家、思想家，存在主义哲学的杰出代表，现象学运动的重要继承者与发展者，同时也是促进存在主义与马克思主义（黑格尔式的马克思主义）相结合的主要推动者。在胡塞尔现象学思想和格式塔心理学派的影响下，梅洛–庞蒂创立了身体现象学体系，推动了欧洲近代唯我论、二元对立论与主体性哲学的解构。梅洛–庞蒂 1908 年出生于法国的一个天主教家庭，19 岁时考入巴黎高师，1938 年写完《行为的结构》（1942 年出版）。二战期间，他与萨特参加同一抵抗组织，后与萨特、波伏娃合办《现代》杂志。1945 年出版《知觉现象学》，1945—1948 年在里昂大学任教，1949 年被聘为巴黎索尔邦大学教授。此间写了一系列文章，合集于《人道主义与恐怖》（1947）、《意义与无意义论文集》（1948）、《哲学的赞词》（1953）、《符号》（1960）、《眼与心》（1964）。1952 年，梅洛–庞蒂获得法兰西学院哲学教授席位，其死后经人整理出版的著作有《可见的与不可见的》（1964）和《世界的散文》（1969）。梅洛–庞蒂研究范围非常广泛，包括心理学、生理学、语言学、文学、绘画、政治、艺术学等，梅洛–庞蒂被后世称为"法国最伟大的现象学家""无可争议的一代哲学宗师"。

　　刘勰和梅洛－庞蒂，这两位出生自不同时代，有着不同文化、不同学术背景的理论家，如何进行比较诗学的跨文化研究？如何建立起对话的机制和比较的体系？这是二者得以展开比较对话的前提。因此，建立一个对话平台，在此基础上对二者诗学思想进行学理上的梳理是十分必要的。所谓诗学对话的平台，具体是指比较诗学研究中的共同话题、共同美感、共同诗心，是一种中西诗学得以接触和互动的空间。我们提出的诗学的心物关系结构论，就是一个具体的对话平台。在这样一个平台场域中，二者得以进入的最基本前提，就是二人思想的诗学形态，也就是说，我们对刘勰与梅洛－庞蒂的诗学的比较是围绕他们的心物关系论来展开的。刘勰是中国古代的文艺思想家、文学批评家，在中国古代文论历史上，他的《文心雕龙》体大虑周、博大精深，是中国传统文论的扛鼎之作。梅洛－庞蒂是一位西方的哲学家，是 20 世纪现象学运动的代表，他的思想体系是建立在现象学哲学基础上的。从这一方面讲，二者的差异性非常明显。但是二人的诗学思想都有关于心物关系较为详细的论述，这将是我们对刘勰和梅洛－庞蒂诗学的比较基础和重要内容。

　　其次，我们提出诗学心物关系结构论，进一步把比较的范围缩小。心物关系，即主观与客观及其相互关系的问题，不仅是中西哲学普遍关注的问题，同时也是诗学的基本问题。心物关系的结构，即心与物的关系是一种内在统一的结构化问题，是对心物关系这一问题在审美与艺术层面的反思和探讨。心物关系结构，既是着眼于梅洛－庞蒂现象学诗学中的身体意向性关系结构，又着眼于刘勰心物交融、心物联动、身心一体的天人合一的生存关系结构。用心物关系结构问题来展开比较诗学视域下的诗学比较研究，这使得比较研究对象的问题意识更明显，也令阐释和表达显得更为集中。

最后，运用历时性与共时性、宏观性与微观性相结合的方法，对刘勰与梅洛－庞蒂心物关系结构论的范畴结构、思维结构、话语结构等进行多层面的比较与对话。第一，刘勰与梅洛－庞蒂在各自的领域范围内，都十分关注心物问题，都在各自不同的历史文化传统、整体话语背景下建构起各自的诗学思想形态，由于对"共同诗心"普遍性的关注，使心物关系结构这一问题有得以展开对话的前提。当然，不可忽略这种普遍性背后由于天然存在的境遇性而带来的或隐性或显性的理论旨趣与话语方式等诸多方面的差异。在对所展开对话问题下的异质性内容进行比较分析和阐释的同时，也要深入分析二者相互补充、相互转化、相互影响的可能性，这也是基于平行研究的更高层次要求。第二，要建立起进行比较研究的可比性根据。这个层面是在整体上观照刘勰与梅洛－庞蒂诗学的关系，要在可比性、可操作性等层面确定相应标准，清理相关概念、整合学理性的标准和机制，让比较对话能够在相应的轨道内进行，既不"僭越"，又不"失效"。第三，在对比研究的基础和前提工作展开之时，就要构建比较的框架和标准，这是进入比较对话场域后要做的具体工作。对于心物关系结构，我们拟从范畴结构、思维结构、体系结构、话语结构四个维度展开对话。范畴结构的梳理是对比研究的起点，在梳理心物关系范畴历史、归纳二者范畴的诗学内涵的基础上，比较的显性方面就已经开始显现。思维结构是比较的核心问题，是这四个维度的中枢，异质文化的差异性从根本上说是思维范式、思维方法的差异，而造成这种差异性的根本原因是各自不同的文化传统。体系结构是对话阐释的关键，是对问题的宏观把控，心物关系本身就是一种结构关系，而具体的结构关系则反映在整体的体系框架之内。话语结构是最复杂的层面，这部分既要跨越语言的差异性，找到生成各自话语的哲学基础，而且还要把范畴、思维、体系比较的结构综合在话语结构的基础之上。

二、刘勰与梅洛－庞蒂诗学的心物关系结构研究综述

对于中西心物关系诗学结构论，尤其是对于刘勰、梅洛－庞蒂诗学心物关系的研究分别在各自的研究领域都取得了比较丰硕的成果。从目前搜集到的资料来看，除了史忠义发表在《深圳大学学报》（人文社会科学版）上的论文《西方感知现象学与中国感物说》中有关于梅洛－庞蒂现象学美学与中国传统诗学的对比研究外，学界鲜见将梅洛－庞蒂的知觉论与《文心雕龙》物感说纳入到比较诗学心物关系结构论的领域进行比较研究的成果。

（一）梅洛－庞蒂心物关系诗学思想国内外研究现状

虽然梅洛－庞蒂的思想曾一度被忽视，但是随着国外学界较为充分地认识到其在哲学史、美学史上所具有的重要地位，西方学者对于梅洛－庞蒂的关注逐渐形成了一股颇为强势的潮流，因此对于

其美学、诗学思想的研究也相应达到了一个较高的水平。在心物关系诗学的维度研究大致分为以下几类：

第一，对梅洛－庞蒂心物关系诗学中的具体思想主题、概念进行梳理、阐释的散点研究。这种散点式的研究也是数量最多的研究，他们以梅洛－庞蒂的"知觉理论""他人理论""世界理论""语言理论""艺术美学理论"等为主题，或是整体性梳理这些理论的基本框架，整合相关研究内容，或者梳理研究他对意识哲学、主体性哲学解构的意义，这方面以杨大春教授的《感性的诗学：梅洛－庞蒂与法国哲学主流》为代表。杨大春的这部著作在国内研究梅洛－庞蒂具有开创性的意义，其中的"知觉""身体"等章节涉及了心物关系诗学研究的内容。国外研究中这方面起步更早，成果也更加丰硕，诸如海德塞克的《梅洛－庞蒂的本体论》、鹫田清一的《梅洛－庞蒂：可逆性》、约翰逊与史密斯的《梅洛－庞蒂的本体论与可变动性》等。

第二，从外部探讨梅洛－庞蒂哲学思想体系的形成与其他思想流派之间的联系和区别的影响研究，这一方面的研究也颇为丰富。主要集中在梅洛－庞蒂知觉现象学与格式塔心理学理论，胡塞尔、海德格尔、舍勒、萨特等的现象学理论，索绪尔的语言学理论，马克思主义哲学以及存在主义哲学等的关系，并把梅洛－庞蒂的思想观点同其他哲学家的思想进行比较，从而获得评价梅洛－庞蒂思想的新的参考系，探析梅洛－庞蒂哲学的理论渊源与发展脉络。这类学术论文和著作的数量也不在少数，如张尧均的《舍勒与梅洛－

庞蒂心身关系论之比较》(《浙江学刊》)，佘碧平的《梅罗－庞蒂历史现象学研究》的第一章，张云鹏、胡艺珊的《审美对象存在论：杜夫海纳审美对象现象学之现象学阐释》，苏宏斌的《现象学美学导论》中的部分章节，等等。国外研究中，如瓦埃朗的《含混哲学：梅洛－庞蒂的存在主义》、库普的《梅洛－庞蒂与马克思主义：从恐怖到改革》，这些著作的研究视域基本符合学界对于梅洛－庞蒂及其心物关系论的认识。

第三，以心物关系诗学作为主线对梅洛－庞蒂的思想作整体把握的线索研究。这类研究整体性较强、跨度较大，如复旦大学唐清涛博士的《冲破沉默的历程——梅洛－庞蒂表达思想研究》、复旦大学贾玮博士的《梅洛－庞蒂现象学美学研究》、浙江大学张尧均博士的《隐喻的身体——梅洛－庞蒂身体现象学研究》、吉林大学燕燕博士的《梅洛－庞蒂具身性现象学研究》、厦门大学刘连杰博士的《梅洛－庞蒂的身体主体间性美学思想研究》、华中科技大学王亚娟的博士后出站报告《通向自然之途——现象学与本体论之间的梅洛－庞蒂》，等等。这些专著、论文中，都有部分章节涉及了心物关系诗学、身心理论、肉身化的身体理论等问题。国外的相关研究成果有如海德塞克的《梅洛－庞蒂的本体论》、达斯杜赫的《肉身与语言：梅洛－庞蒂的散文》等都有以心物关系诗学为线索勾勒对于梅洛－庞蒂思想的整体性阐释的内容。

综观这几类研究倾向，具体主要存在以下几个问题：第一，从研究对象来看，与国外研究取得的成果相比，国内对于梅洛－庞蒂思想的关注与研究起步整体较晚，研究成果相对较少。对于梅洛－庞蒂心物关系诗学的研究还未完全从纯粹哲学领域内脱胎出来。第二，从研究领域来看，虽然 2000 年以来，梅洛－庞蒂的研究已经开始向深度模式开掘，但是所涉及的领域仍然有限，其中心物关系诗学领域以及与此相关的美学、诗学思想的专门研究论文和专著的数量呈现递增趋势。以梅洛－庞蒂文艺美学作为题目的研究论文不下百篇，学者们都在不同层面、不同视阈、不同角度对梅洛－庞蒂的思想进行了研究和探讨，但是由于材料、语言等问题，梅洛－庞蒂的相关思想研究仍然处于相对迟滞的局面，尤其是对于其诗学层面的研究来说相对还比较单薄，未作深入开拓。第三，从研究特点和研究方法来看，上述研究倾向基本上以介绍、归纳和阐释为主，在中西比较视域下的理论观照和比较研究的内容还比较少见。

（二）刘勰心物关系诗学思想的国内外研究现状

文艺心理学视阈下的心物关系结构理论是中国传统诗学的一条发展主线，"心"与"物"及其互动关系一直存在于中国古代诗学话语体系的历史发展之中。关于中国古代诗学中心物关系结构论尤其是《文心雕龙》中的心物关系研究成果已经相对丰硕，在 1000 多年的龙学研究史上，很多学者都对《文心雕龙》中的心物关系思想给予了重点关注。总的来看，大概包含了三个维度的研究倾向。

第一，从中国古代诗学发展史的整体架构出发，探究刘勰诗学思想心物关系论的历史发展、哲学根基、表现形态。钱锺书先生在《谈艺录》中就对古代文学中心物关系论做过详细分析，钱先生根据情景内外之关联程度把心物关系分析为三个层次："设想""同感""有我有物，非我非物"。黄霖等的《中国古代文学理论体系：原人论》中的"心化论"部分认为文学创作的根本在于"人心"，文学的发展就是一个不断"心化"的过程，"心化"是建立在客观世界即"物"的基础之上的，可以说全章是以心物关系结构为线索架构起来的，但是该书没有从哲学思想的根源的角度对心物何以交融这一根本问题作出解释。汪涌豪的《中国古代文学理论体系：范畴论》第七章"范畴的逻辑体系"认为，"心""物"是关涉文学本体存在的本原性范畴，二者分别是生命系统的对峙两极，二者的关系和联动的结果，构成了丰富多彩的文学发展形态和作品的风格基调。该书理清了"心""物"的指涉范畴，并认识到创作的发生与构思都与心物的关系相关。此外，在陈良运的《中国诗学体系论》、萧荣华的《中国诗学思想史》、陈顺智的《魏晋玄学与六朝文学》等诗学通史和断代史中，言及刘勰的诗学思想，都会对心物关系的具体形态如神思、物色、意象、心物交融等方面进行考察和梳理。

第二，从刘勰诗学思想的范畴论角度去阐释心物概念及其关系，探究其具体的表现形式和内涵。历代学者在此方面的研究多数集中在"心物交融"说上。刘永济先生的《文心雕龙校释》探讨了"心物交融"的两种形态，即"物来动情"和"情往感物"，从"物我双汇"中把握艺术的自然生成。台湾学者徐复观则提出"隐心而结文"，体现了"心与题材合而为一"。王元化先生在《文心雕龙创作论》中，系统阐释了心物交融的理论意义，并从哲学的辩证思维角度分析了"随物宛转""与心徘徊"的具体内涵。在关于心物交融的主客体关系研究中，论述最详细、体系最清晰、观点最全面、涵盖范畴最广泛的莫过于张少康的《文心雕龙的物色论——刘勰论文学创作的主观与客观》。该文不局限于物色篇一章节的论述，而是从中国文论心物关系的发展历史出发对物和心的概念作了深入分析，对心物交感的结构、过程、特征作了细致分析，而且还和神思篇中的相关内容作了互文性解读，应该是迄今为止研究《文心雕龙》物色篇中心物交融说理论的集大成者。王元化先生的《心物交融说"物"字解》和《释〈比兴篇〉"拟容取心"说——关于意象：表象与概念的综合》对"心"和"物"的范畴概念的渊源、发展、特征作了详细论述。除此之外，还有翟庆瑞博士的论文《感物说与魏晋六朝文论研究》和韩国吕亭渊博士的论文《魏晋南北朝文论之物感说》，也对《文心雕龙》的物感说进行了专门研究。

第三，从中西异质诗学比较的维度研究心物关系。这方面的研究以单篇、单章节的论文研究为主，专著不多，比较有代表性的有范方俊的《中西比较诗学的语言阐释》一书将《文心雕龙》与《诗学》比较，从基本观念、核心范畴、体系架构、话语言说、理论指归、意义生成的维度出发作透视分析，尤其对物感说和模仿说的分析言及中西文论的话语特征，总体来说比较深入，但美中不足的是把《文心雕龙》与《诗学》分而论之，对比研究的论述相对较少。汪洪章的《〈文心雕龙〉与二十世纪西方文论》将《文心雕龙》按照内容（"文心"）和形式（"雕龙"）分别来与20世纪西方文论作对比，全书的两个部分分别以"文心"和"雕龙"来对应这些批评流派。但涉及心物关系等范畴类的对比较少，更多的是理论层面的相互阐释，对比和对话的层面不太明显。论文方面，《意象——诗意生成之维的中西会通性比较》一文对比阐释中西"意象"内涵的发展演变，认为生成文学审美诗性的根本在于意象的创造和形成，而"意象"最终形成的关键又在于审美活动中主体与客体的相互契合和统一，在于心与物之间的交融。古风教授的《"意象"范畴新探》一文不仅重新梳理了"意象"概念的内涵、分类和功能，还区分了一般意象、文学意象和审美意象之间的区别，同时还与"意境"作了比较，梳理了中西"意象"范畴之间的差异和联系，指出中西"意象"之间是一种影响和接受、接受和影响的循环关系。

通过以上文献的梳理可以发现，刘勰和梅洛－庞蒂诗学思想研究在各自的领域内都取得了比较丰硕的成果，同时也存在着一定的不足之处。首先，梅洛－庞蒂诗学研究，尤其是心物关系诗学研究，仍然在现象学哲学领域之内，其纯粹美学、诗学研究的自觉性不够，因而研究的成果比较单薄，某种程度上也限制了其哲学研究视野的拓展和观念的更迭。其次，国内外对于刘勰《文心雕龙》的美学、诗学思想的研究成果相当丰富和全面，但是其研究领域更多集中在中国古代文论、文学批评史内，其研究范式与方法相对传统，对于古代文论的现代转型的意识不强，因而很多研究成果是重复言说，尤其是心物关系诗学的研究，没有在方法、范式等层面实现突破。第三，刘勰和梅洛－庞蒂心物关系诗学有着较强的学理联系，如果将二者进行比较研究，既可以推动梅洛－庞蒂现象学美学、诗学的研究，又可以拓宽传统龙学的研究领域和范式，促进二者研究观念和研究方法的更新。

三、刘勰与梅洛－庞蒂诗学的心物关系结构研究方法与意义

荀子说："异形离心交喻，异物名实玄纽，贵贱不明，同异不别。如是，则志必有不喻之患，而事必有困废之祸。"[①] 由此可见，研究展开"比较"的方法、形态和内涵是十分必要的。对于比较诗学的"比较"而言，它是一种思维与方法的结合，是多维的、综合的、超越的，因此与研究对象之间构成了一种新的关系。就本选题而言，其研究的思路和方法如下：

第一，运用现象学、阐释学等方法提出"心物关系结构"的概念范畴，同时对刘勰与梅洛－庞蒂心物关系结构诗学思想的内在学理上的联系作比较分析和阐释，对两种不同的诗学思维范式进行重新梳理和整合，理清两个研究对象中内含的逻辑上的相关性和内在的联结点，通过逻辑推理在二者之间建立起一种美学价值的相关性并在此基础上展开比较对话，阐发二者诗学思想可以通约的基点。

第二，运用比较文学研究"探同辨异"的辩证思维方法，通过范畴结构、思维结构、体系结构、话语结构等对话维度，搭建起刘勰与梅洛－庞蒂心物关系诗学的主体间性关系的研究平台，在一个

---

① 安继民．荀子［M］．郑州：中州古籍出版社，2008：384.

共同具有的合法性标准中探讨同异之间内在的逻辑联系和造成差异性的原因。

第三，运用现象学本质直观、意向性、生活世界、审美知觉等理论观照刘勰的心物关系结构诗学思想，用中国古代美学、诗学思想中的天人合一、自然之道、心物交融、心斋坐忘等理论方法观照梅洛－庞蒂的知觉现象学，在比较中发现或同中有异，或异中有同的多种表现形态。最后，运用主体间性理论，提炼出刘勰古典自然主义审美与梅洛－庞蒂知觉现象学美学中关于消泯主客对立的心物关系与认识模式之间的具体关系。

从目前搜集到的资料来看，在文艺美学、比较诗学等研究领域将梅洛－庞蒂和刘勰的心物关系诗学思想进行对比研究的成果还非常少见，本选题无论是对于龙学研究，对于中国古代文论的现代转换，还是对于梅洛－庞蒂思想研究都具有一定开拓性的，具体如下：

第一，理论与方法的创新价值。刘勰与梅洛－庞蒂诗学心物关系结构论的比较研究属于比较文学与比较诗学平行研究的范围，作为没有事实联系、分属不同时代的异质文明的诗学思想，如何在理论与方法上有所突破显得尤为重要。一方面，本选题运用了比较文学研究辩证思维的"探同辨异"的方法，即在共同的对话标准之上找到二者心物关系诗学的相同之处，阐发其可以通约的基点；又在具体路径上比较从而找到相异之处，进而探讨同异之间内在的逻辑联系和造成差异性的原因。另一方面，运用现象学本质直观、意向性、生活世界、审美知觉等理论观照刘勰的心物关系诗学，用中国古代美学和诗学思想中的天人合一、自然之道、心物交融、心斋坐忘等理论方法观照梅洛－庞蒂的知觉现象学，既可以使得刘勰心物关系思想体系化、结构化，又可以使得富有感性色彩的知觉现象学在诗意的言说中展现新的理论生长点，在彼此的互证、互鉴、互补中，找到可以沟通和交流的方法和途径，这在一定程度上既丰富了龙学研究的方法，也使得比较诗学的平行研究理论有了一定的丰富和发展。

第二，异质文化的研究价值。刘勰心物关系诗学属于中国魏晋南北朝时期，与处在现代哲学转向时的知觉现象学家梅洛－庞蒂的心物关系诗学思想，无论在入思方式、对象阐释还是体系结构、话语范畴等层面，都有着巨大的差异，尤其是思维结构层面的文化心理结构这一维度，其中的"本源性"与"可变性"的具体思维形式，对理清这些造成差异性根源的异质文明和文化，对于比较诗学的深入研究有着重要的基础性作用。

第三，现实意义。首先，促进中西诗学平等地交流和对话，在比较的视野下"探同辨异"，在同异之间把握中西诗学的本质。本选题的研究对象，一个是中国古代的，一个是西方现代的，这样使得比较诗学的研究是真正意义上的古今中外的四方对话，这样的比较研究也会更有意义和价值。其次，在中西诗学比较、言说、对话中，促进中国传统诗学的现代转换，推进中国诗学本土化的发展。作为中国传统诗学，刘勰心物关系诗学中的重要思想和范畴，诸如

"物感""神思""心物交融""神与物游"与梅洛－庞蒂心物关系诗学中的"知觉""身体""交织""可逆性"等的对比研究，可以推动中国古代文论的现代化转型，不断阐发出新的、富有时代性的理论意义。

第一章 刘勰与梅洛－庞蒂诗学中的心物关系结构论的比较基石

所谓心物关系，既是哲学认识论中的一个基本问题，即主体如何认识客体，客体如何影响主体，主体与客体之间的互动关系；同时又是诗学范畴领域的核心问题，即审美主体与审美对象、审美主体与艺术作品、创作主体与客观世界等方面之间的复杂关系与形态。哲学领域内的心物关系问题转换在诗学领域，更多倾向于认识论、价值论和存在论的问题。作为审美的、认识的、经验的以及艺术创作的主体与对象之间，各自的存在形态、存在方式、存在特性以及相互之间的辩证关系各不相同，因此，在范畴概念基础上形成的心物关系就构成了整体性的心物关系结构问题。

第一节 何谓诗学中的心物关系结构

在哲学领域，有一些问题是现实的、永远存在的，主体与客体问题就是这样，它的解决是与对哲学最基本问题和哲学对象的理解和追问联系在一起的。对于认识论层面的主体与客体观念，是在人类自我认识和反思的漫长历史和实践中逐渐形成的，认识论的主要任务是要"揭示认识发生、发展的过程及这一过程借以实现的结构、形式和规律，揭示主观和客观、主体和客体不断地达到一致的辩证的途径和逻辑"①。然而，无论是中国古代哲学还是西方早期古典哲学，认识论的问题都不占据首位，认识论直到近代在西方才逐渐成为一门主导性的哲学学科。在古希腊哲学中，由于生产力发展水平低下，人对于主观和客观的解释"首先是用来论证人与社会之间的道德关系、政治关系，而社会和自然界之间的物质实践关系领域则由于没有充分发展，就没有从主观和客观相互作用的角度被看作是一种重要的东西。"②也就是说，传统自然哲学中，虽然隐藏着主体—客体关系的萌芽，但还未出现认识论意义上的主客对立问题。自近代以来，人的主体性张扬，已经出现了把作为物质的东西与作为观念的东西对立起来的即主客体的二律背反的理论，自笛卡尔将意识与自我确立为能思的主体，即认识的主体，西方哲学中主客观二元对立的思维模式才得以正式建立。

中国古代哲学根植于"天人合一"的传统思维模式，不管是儒家"万物一体"思想，还是道家"心与物冥""心斋坐忘""乘物

---

① 夏甄陶. 认识论引论［M］. 北京：人民出版社，1986：10.

② M. A. 帕尔纽克. 作为哲学问题的主体和客体［M］. 刘继岳，译，北京：中国人民大学出版社，1988：3.

以游心"思想，都主张消泯认识主体与客体对象之间的二元对立关系，作为主体的人与外在客观世界和谐相处、和谐共生。20 世纪80 年代，主体性哲学、主体间性哲学等思想在中国大陆传播，才为中国哲学图式打开了新的视角。

心物关系结构是一个抽象的命题，它是在不断的动态发展中获得丰富和复杂的理论内涵的。我们知道，所谓心物关系，是指主体与客体及其相互关系的一种具体表现形式。在不同时代、不同文化背景、不同历史语境下，具有不同的表现形态。诗学视域下的心物关系结构，首先是一对范畴关系结构，是指在比较诗学研究领域，作为本体论、认识论和存在论的认识主体或存在主体与客观存在对象之间对象性的逻辑联系，是关于主体与客体、意识与物质、思维与存在、经验主体与经验对象、审美主体与审美对象所构筑的动态发展的理论。在中西哲学与诗学史上，作为主体的"心"与作为客体的"物"总是相对应、相联结而存在并在相互作用、相互联动的过程中发展，当然，这个过程也是一个由表及里、由浅入深的阶段。对于心物关系结构的把握，还需要有以下层面的解释：

第一，作为基础概念范畴的一般性解释。所谓基础概念范畴，是指一个概括性、本质性的概念范畴，其内涵和外延都具有相当丰富的广延性，在不同的民族国家、不同的社会历史时期，都有着迥异的表现形式，因此首先要对这一概念范畴筹划一定的标准和范围作为基准，既规定概念范畴的一般含义，又保证其外延的丰富性。心物关系结构作为动态稳定的逻辑理论，其一般性的解释就是关于主体与客体的关系的结构层次问题，然而这样的概括却并不是十分准确的。作为哲学问题的主体与客体、主观与客观、思维与存在，作为美学问题的审美主体与审美客体（审美对象），作为文学问题的读者与作品、作者与文本、文艺创作者与客观外在世界等，都可以纳入到"心物关系"的范畴之中，这样往往使得所要讨论的问题十分复杂而又不得要领，我们选择刘勰与梅洛-庞蒂诗学形态的心物关系结构作为研究对象，可以使得所要讨论的问题更集中。因此，在对两个比较的研究对象进行具体研究之前，将基本概念进行一定的梳理和界定，也是十分必要的。

第二，作为比较诗学研究概念的具体性阐发。一个哲学家、思想家，当他提出某种思想理论的时候，未必就能够认识到自己的思想理论的价值，往往需要通过比较、论证、批评，需要将其放在不同历史时期与不同文化背景的思想理论中进行对比讨论，进而得到新的理论内涵和价值。作为本书的研究对象，最终还是要落脚于刘勰与梅洛-庞蒂的诗学思想的比较上来，因此需要通过跨文化的思维方法，运用逻辑推理在二者之间建立起一种美学关系的相关性，搭建起能够融合二者不同的诗学思想得以展开对话的合理的、有效的标准进而得到站得住脚的理论结果。因此，具体性阐发就要从诗学内部、外部入手，立足于诗学体系、诗学观念、诗学思维方法，从不同角度和不同层次进行具体的阐发研究，在融合了不同诗学视野的普遍有效的合法性标准中，得到比较对象之间不同呈现形态的多样性关系成果，在辩证统一关系中把握二者的相互关系。

第三，超越比较视野和方法的整体性综合。所谓"整体性综合"，是指超越一般性的解释和具体性的阐发，在历史与逻辑的统一中，运用现象学"本质直观"的方法，反求心物关系结构这一范畴概念的本质性的内涵，以期超越具体的研究对象，实现不同文化背景、不同诗学体系的整体性对话。较之一般性的概念范畴的梳理界定和特殊性的研究对象的对比性阐发，整体性综合既有对心物关系结构这一范畴概念体系和话语层面的整体性考察和梳理，又能够在具体的研究对象的对话和言说中，互照互识，相互阐发和综合，生成新的问题认识的视角。

以上三个步骤，是从个别到一般、从特殊到普遍的过程，符合认识发展的规律。作为范畴关系结构，心物关系结构的发展历史，是人类对于宇宙、自然、社会以及人类自身思维层次的规律认识的不断深化的过程，这种认识既有普遍性，即中西哲学、诗学发展史中对心物概念及其范畴结构的产生与发展的一般性规律的认识；同时这种认识也有特殊性，不同国家、不同地区迥异的各色各样的理论思想也会使得各自宏观的哲学、诗学体系和微观的范畴关系结构的基本内涵和表现形态存在着巨大的差异。因此，深刻认识心物关系结构理论，还需要把握诗学的心物关系结构的一些基本特征：第一，心物关系结构演变的历史性；第二，心物关系结构表现的多样性；第三，心物关系结构内在的辩证逻辑性。心物关系结构的这三个特征之间，相互联系、相互渗透、相互区别。

首先，心物关系结构的基本内涵体现在中西哲学、诗学的动态历史发展过程之中。"心""物"是中华民族传统诗学中所固有的范畴，它贯穿于中国哲学思想史始终。自殷商至春秋战国、从上古原典到先秦时代的诸子百家，心物范畴理论逐渐清晰；汉唐至宋初，随着魏晋玄学的兴盛与佛教的传播，心物关系的理论结构逐渐充实；宋明以降，儒学的官方意识形态化，加之二程、王阳明、黄宗羲等学者的阐发，心物关系结构理论更加趋于理论化、学术化。在西方，心物关系则更明显地有着本体论—认识论—存在论的哲学转向路径，从古希腊哲学中关于"认识你自己"的哲学箴言开始，人的主体性意识不断加强，主体与客体的关系也不断凸显，到了近代，笛卡尔的"我思故我在"的哲学命题，使得心物、身心、主客二元论思维模式进一步巩固；现代哲学经由康德、黑格尔开始至胡塞尔的现象学运动，致力于打破传统的二元对立的结构模式至当代哲学的主体间性理论，突破传统的二分法。由此，在中西方哲学思想史的发展中考察二者的变化，使得诗学的心物关系结构呈现出深刻的历史性。

其次，心物关系结构的表现形态具有多样性。无论是中国还是西方，在探讨心物范畴及其关系结构时，大致会有以下几种形态：第一，主观意识与客观实在。意识的起源问题，是中西哲学史和科学史上的最大难题之一。近代医学科学的发展，使得人的思维的器官为人脑的结论得以证明。然而，中国古人却认为"心"是意识的产生器官，具有思维的能力。"物"，是各种客观实在的总和，这种客观实在能够通过人的意识感觉到，能够为人的意识所反映。因此，心与物是统一的，心物的统一也正说明了主客观的统一。第二，认识主体与认识对象。认识主体和认识对象与主观意识和客观实在有诸多相似之处，也有一定的区别。认识既是主体对客体的能动反映，同时又是主体能动地改造客体的过程。在中国传统哲学中，心与物还包括道德伦理与道德实践，"心"是"正心""诚心""发明本心""赤子之心"，"物"是"格物之物"，是宗法礼仪，是立德、立功、立言。因此，中国传统哲学中的心物关系，"它往往是本体论、道德论和认识论的统一"①，这也是区别于西方哲学范畴的一个重要层面。

最后，心物关系结构中最重要的特征是辩证逻辑性。心物关系的结构必然是体现在心物之间的辩证关系与逻辑结构之中，作为主体的"心"与作为客体的"物"，不管是在天人合一的中国诗学传统的思维逻辑结构中，还是在主客二分的西方诗学传统的思维逻辑下，不管是作为思维器官的"心"，道德观念的"四心"，形而上的本体"心即理"，都是在与客观存在的物，或是自然、社会、人生的实像之物，或是"物物有一太极""乘物以游心""格物之物"的虚像之物的相互联系、相互运动中构筑起的关系范畴，同时心物关系结构还是范畴间互相联系的统一的整体。

心物关系的结构，无论是从范畴概念上，还是从内容上都是实存的，它是哲学范畴与诗学体系发展相结合的具体体现和升华。心物关系结构不是与具体历史脱节的，它蕴含在中西哲学与诗学发展

---

① 葛荣晋.中国哲学范畴通论［M］.北京：首都师范大学出版社，2001：384.

的历史中，并与社会历史的发展息息相关、紧密结合，其动态发展的多样性本身就有很强的历史感。因此，研究心物关系结构，不仅是对比较诗学具体范畴关系的梳理和阐发，同时也是异质诗学得以对话和交流的契机。

刘勰与梅洛－庞蒂诗学思想在入思方式、理论范畴、话语言说等层面有着诸多相似性与可通约性，也因不同的文化背景和时代差异表现出巨大的差异性。求同，可以跨越异质文明，探究人类"共同诗心"与"共同美感"下的普遍性艺术规律；辨异，可在对话的基础上，找到差异性的原因，从互看、互鉴再到互证、互补，激发出彼此新的意义的发现和生成。

对于刘勰与梅洛－庞蒂诗学的心物关系结构研究，首先以哲学思想作为逻辑的起点，以美学思想体系作为结构框架，同时以诗学思想作为具体的表现形态。之所以有这样的思路呈现形式，一方面，现象学美学与中华古典美学都深深扎根于各自的文化体系的范式之中，而文化体系所表现出的思维模式、理论根源均来自各自的哲学和文化传统；另一方面，作为现象学运动的主要旗手之一，梅洛－庞蒂的诗学思想具有抽象性、思辨性的哲学色彩，刘勰的诗学思想则更偏重于"剖情析采"的审美与艺术理论，因此，将二者关于主体认识与客体对象关系的思想，统一于美学结构之中，便于集中探讨，也是为两者搭建一个平等的、合法的言说和对话的理论框架和话语支点。其次，将心物关系结构这一范畴的逻辑体系纳入比较诗学领域的研究，要展开对话就要确定美学价值的相关性，就要从相应的结构层次展开，本书确立了范畴结构、思维结构、体系结构和话语结构四个维度，其中范畴结构是从本体论的角度界定"心""物"和"心物关系结构"，梳理三者在刘勰与梅洛-庞蒂各自诗学体系中的基本内涵和表现形态，从而确定在范畴逻辑体系内宏观的可比性；思维结构主要探究二者心物关系结构所具有的各自独特的思维模式以及深层的哲学思想内涵；体系结构则从具体心物关系表现层面，运用现象学"本质直观"的方法分析外在体系结构的呈现方式；话语体系则从微观的话语言说方式入手，选取四对具有外在相似性的诗学话语展开对比分析。

第二节　刘勰与梅洛-庞蒂诗学中的心物关系结构的可比性分析

比较诗学的可比性，是指比较对象主体得以展开对话的逻辑上的可行性与学理上的可操作性。具体而言，就是研究对象主体之间有无存在同异关系以及构成对话性阐释关系的呈现形态。刘勰与梅洛-庞蒂心物关系结构的可比性分析，就要建立在同异关系的具体形态之中。由于二者的比较研究属于平行研究，因此，可比性的分析就不能只落实在显性或隐性的同异关系的呈现上，不能流之于简单的比附，而是要在比较体系的框架之下，理清同中有异、异中有同的几组实在性关系，在分析同异形态关系的基础上，认清各自诗学体系、性质和功能所在的具体历史传统与文化语境。与此同时，还要在同异的对立统一中，寻找互识的路径、互证的标准以及互动、互补的可能。这种研究对象的可比性又可以分为内在可比性与外在可比性，因为我们对于对象的认识过程是一个从表象到本质、从特殊到一般、从显性到隐性的过程。通过内在可比性，可以对研究对象的整体的内容、性质和特征以及文化内涵有一个基本的把握；外在可比性则从范畴的结构、类型和形态等具体层面分析。内在可比性与外在可比性彼此相互联系和统一，保证了比较的有效性和真实性。

一、外在可比性分析

刘勰与梅洛－庞蒂诗学的心物关系结构比较研究的外在可比性，主要体现在心物范畴的形态、类型、组织结构等外延部分，具体如下：

第一，从心物范畴的表现形态和组织结构来看，二者心物关系结构的比较具有真实合法性和整体统一性。中西比较诗学自诞生之日起就被套牢在西方诗学的言说方式之下，且不说中西诗学的对话，就连研究古代文论很多都要借助西方的话语体系来操作。本选题在诗学话语范畴的选择上，尽量做到平衡中西言说的习惯，选择"心物关系"这一命题，而没有选择"主客关系"，正是"折中思维"的体现。首先，"心"与"物"的概念既是中国诗学话语的常用术语，自先秦至明清贯穿于中国诗学的发展史，对于中国诗学，它们不是舶来品，而是地道的民族诗学话语，"心"与"物"

的概念在中国传统诗学体系中具有丰富的内涵延展和表现形态。其次，在梅洛－庞蒂关于艺术理论的著作中也有"眼与心""身心关系""可见与不可见"等话语范畴，其范畴的表现形态在现象学哲学的体系中，同样也具有很强的生发性。梅洛－庞蒂的很多思想理论诸如"可逆性""肉身化""身体—主体"等，在消泯主观与客观层面与刘勰的"心物交融说""神与物游"甚至道家的"心斋坐忘""心与物冥"等具体的范畴表现形态上有着很大层面的可通约之处，这些内容在以往的具体研究中没有引起足够重视。因此，本书将立足于这些被忽视的研究领域做深入的挖掘。

第二，从心物范畴的具体类型来看，心物关系结构比较具有层次阶段性。就具体的诗学思想比较研究对象来看，一方面，两个研究对象的范畴、结构、话语的类型等都不是单一的，而是复合的，就是包含有多个角度、多个层次的丰富内容；另一方面，两位诗学思想家对同一问题，在不同的历史阶段、不同的问题层面，表述和使用的概念范畴的内涵也不尽相同。比如对于"心"这一范畴，即作为认知和审美的主体，早期梅洛－庞蒂为克服身心、心物二元论思想，提出"身体—主体"的概念，即知觉的主体是现象学意义上的"身体—主体"，到了后期，梅洛－庞蒂又提出了"肉身化"的概念，即知觉主体与世界都是具有共同基质的"肉"。因此，只理解其中的一层意义，而未能将梅洛－庞蒂不同阶段的思想统一联系起来考察，则是不全面的，不能整体把握心物关系结构的范畴概念和特点。

第三，从中西文化和社会历史发展的进程看，一个历史时期都有与该时期政治、经济相适应的社会思潮出现，这些社会思潮深深影响着这一时期思想家的思想理论体系。刘勰所生活的南北朝时期是中国历史上思想文化大发展、大融合的时期，儒、释、道三足鼎立，相互影响，其《文心雕龙》的诗学思想体系深深打上了时代的烙印；而梅洛－庞蒂所处的 20 世纪上半叶正是世界思想体系大转折的时代，伴随着世界哲学语言学论转向、现象学运动的兴起以及法国社会思想的风云激荡，梅洛－庞蒂继承并发展了胡塞尔的先验现象学，建立起独树一帜的知觉现象学。可以说，只有深刻理解二者诗学思想的时代性特点，并将对比研究与各自时代的社会思潮统一起来进行考察，才能恰当地评价它们各自的历史地位和作用，同时得到合理的比较研究的结果。

以上几点内容，是刘勰与梅洛－庞蒂诗学心物关系结构的外在可比性，同时也是比较研究的基本原则。中西比较诗学的研究将有助于揭示中西诗学各自的理论特色和价值取向，有助于揭示人类审美活动的奥秘和规律，有助于现代形态诗学体系的建立。在全球化时代下，以多元的、开放的、平等的视点，取代单一的、独断的、封闭的视点，有利于在比较研究中实现中西诗学的平等对话以及文化视野的丰富拓展。

二、内在可比性分析

所谓研究对象的内在可比性，是指二者之间某种内在结构与审美关系上的相似性与相关性，这是具体的研究对象范畴内含的诗学演变史、哲学与美学发展史的可比性。总结下来，刘勰与梅洛 – 庞蒂诗学心物关系结构的内在可比性至少体现在以下几个方面：

第一，从诗学发展的内在逻辑规律看心物关系结构的表象层面同异组合关系的可比性。刘勰与梅洛 – 庞蒂二人在各自的学术领域内都对"心物关系"给予了相当程度的重视，二人将诗学的心物关系都提升到理论水准的高度，对同一问题的关注则是展开比较的根本前提。然而刘勰的"心物观"是以文学创作、文学批评和文学鉴赏为开端的，尽管其不乏审美与艺术理论的某些形态，但众所周知，由于中国传统的直觉感悟思维方式，使中国传统诗学缺乏理论体系构建的自觉性，相关理论范畴的内涵和形态具有较强的模糊性、暗义性。因此，在进行具体比较前，首先要把古代文论进行现代形态的建构，具体说就是要对刘勰的心物关系结构论进行系统性、逻辑性、明确性的建构，诚如曹顺庆所言，"去除其（古代文论）原有的喻象性、模糊性、歧义性，而赋予其规范性的内涵，使之具备现代文论的理论品格"①，这也是中国传统古代文论向现代诗学转向的必由之路。

梅洛 – 庞蒂的美学论、艺术论思想建立在知觉现象学体系内，首先需要在其哲学思想层面梳理诗学理论形态，既不能脱离其哲学思想的具体语境，同时也要与哲学理论主张保持一定的距离，使其向较为纯粹的诗学形式转换。与刘勰的"心物观"之物感主张相

---

① 曹顺庆 . 南橘北枳：曹顺庆教授讲比较文学变异学［M］. 北京：中央编译出版社，2014：322.

比，梅洛－庞蒂的身体现象学之知觉主张，可与之对举，二者都是心物结构的发生方式，但二者分属自然主义的本体论模式与后现代转向的存在论模式，由此带来了主体与客体及其相互关系的本源性差异。尽管存在这种本源性差异，梅洛－庞蒂所主张的"在世界中存在""蛮荒存在"以及人与世界的交织和可逆，这种存在论意义上的原初性倾向，又暗含着某种自然主义的回归。除此之外，梅洛－庞蒂色彩鲜明的"暧昧""模糊"，消解科学理性思维的特征与风格又和中国传统诗学重直觉感悟的思维模式有着可以通约的可能途径。总而言之，无论是概念范畴上，还是从诗学发展的内在逻辑规律上，刘勰与梅洛－庞蒂诗学的心物关系结构论都存在着若干显性的、表层的，同中有异、异中有同的可比性关系。

第二，从哲学、美学等文化内涵来看心物关系结构隐性层面的文化思维方式与具体文本话语境遇的可比性。这个层次的可比性，属于较深层次的中西文化比较维度，同时也是造成上述同异关系的深层背景和内在机制。首先，中西诗学都是深深根植于各自历史文化背景之中，有着各自迥异的文化烙印，刘勰与梅洛－庞蒂二者满足了古今中外四维对话的自主模式。因此，不分析文化的差异性，就不能深刻理解诗学内涵结构的差异性。哲学和美学文化的差异性，更集中体现在思维方式的差异性上，而思维方式的差异性又有普遍和具体之分，普遍的思维方式差异性就是造成中西文化差异分野的一般性思维方式，如中国传统的"天人合一"与西方传统的"主客二分"方式，中国中古的自然主义本体论时代与西方20世纪上半叶的现代哲学的语言论、存在论转向，这些都是谈论二者诗学比较研究所无法离开的境遇和背景。具体的思维方式差异是指刘勰与梅洛－庞蒂各自所建构的不同心物观的思路过程，这些内容体现在文本话语之中，需要从文本出发来分析。具体思维方式与普遍思维方式之间存在着一种对立统一的关系，具体思维方式差异性是普遍思维方式差异性的体现，它反映着普遍思维方式差异性的影响因子；普遍思维方式差异性又不必然决定具体思维方式差异性的所有维度和层面，具体思维方式有可能会是普遍思维方式的对立面，即具体思维方式的差异性走向了同一性，也就是说比较诗学对象主体的思维方式的差异性中含有可以汇通的同一的因子，这便是二者互证、互识的可能之处。比如刘勰《文心雕龙》中的"折中思维"与梅洛－庞蒂"含混""退回""本质直观"的思维方法，就有异质性层面的类同性。因此，具体分析思维方式的差异性和类同性关系，也是比较诗学可比性的一个重要层面。

第三，比较框架构建的可行性分析与比较标准设置的合理性评估。在本书绪论和第一章中，我们曾谈及比较框架的构建问题，即从"范畴结构""思维结构""体系结构""话语结构"维度来搭建比较框架的问题，阐述了四个维度比较的必要性。那么，在可比性分析中，我们就要具体评价这种比较方式以及比较标准设置的可行性与合理性。对于比较的框架，我们构建了这样一个系统——"一体四翼"的比较对话格局。

所谓"一体"，就是"心物关系结构"这一框架结构的主体设计，它是框架的核心，总揽四个维度；"四翼"就是上述四个维度，是"心物关系结构"的中枢神经线，是心物关系结构的具体体现层面。"一体四翼"既是一种上对下、总与分的支配和引领关系，同时也是彼此之间的互动关系。心物关系结构总体把控四个维度，四个维度又反过来反映心物关系结构的某一个侧重点的效能和功用。其中，"范畴结构"是心物关系结构的第一性问题，直接反映着心物关系结构的最基本、最普遍的范式，它是心物关系结构的最具体的呈现形式，其余三大维度都是在范畴结构维度的阐释和比较中展开的。"思维结构"反映着心物关系结构内在的、深层的因果律，也是心物关系结构系统得以互动和存在以及异同关系存在和呈现的根本原因。"体系结构"是心物关系结构的中点站，在所有框架中起到起承转合的作用，一方面，"体系结构"是"范畴结构"和"思维结构"层面上的具体而宏观的建构，它反映了心物关系系统性的结构化存在方式；另一方面，它又是"话语结构"得以展开的具体路径。"话语结构"是最小单位的比较意义层，是比较诗学语言阐释的体现维度，通过话语阐释可以透视范畴、思维、体系等比较维度的具体阐释效果。

总而言之，"一体四翼"的比较系统，是一个上下联动、左右互动、整体能动的有机体系，它的存在是比较可行性的基本保证。

比较标准的设置，也是按照"一体四翼"的结构化模式来规定的。主要涉及以下几个层面：首先是一般比较范围的界定，也就是心物关系结构这一主体的界定。基于上述分析，我们知道刘勰与梅洛–

庞蒂诗学形态是存在于各自不同的学术思想领域之中，那么，之于刘勰的心物关系诗学思想，要用现代诗学话语体系将之系统化，心物关系要超越一般的文学创作、文学发生、文学思潮等文学理论层面，要涉及艺术理论、文艺美学、文艺心理学等层面。梅洛－庞蒂是现象学哲学家，他对于心物关系的研究，立足于整个西方认识论、语言论和后现代哲学的转向，因此要注重从哲学理论中分解出关于艺术哲学的方面，即基于认识论层次的主客体关系问题，基于现象学美学的审美主体与审美对象的关系问题，等等。这样一来，就把比较的标准进行了学理范围的划定。其次是比较体系标准的设置，也就是四个维度的具体操作规范和标准。范畴结构，不仅要考察心物概念的诗学形态和内涵，而且还要将之放在各自具体的历史演变中。思维结构则要立足一般性、普遍性和个别性、特殊性的思维方式，要立足于这种对立统一关系，在此基础上把握思维方法的具体结构形态和方法。体系结构和话语结构是比较体系中相互依存的两个维度，这两个维度是具体视域的比较层次，因此，为了集中论述，我们在美学的知识框架内以审美活动、审美对象、审美价值三个方面构建体系结构，在话语概念的互识、话语结构的互证、话语内涵的互补等层面展开互阐，寻找话语对话、相互言说和汇通的可能性。

总之，可比性分析是比较诗学得以展开的基础性工作，在以上三个层面的可比性分析后，本书整体"一体四翼"的比较框架也基本得以建立。

第二章　刘勰与梅洛－庞蒂诗学中的
心物关系论之范畴结构

范畴（category）是关于客观事物一般特性和具体关系的基本概念，是人类思维对客观事物本质联系的概括和反映。范畴在古希腊语中是kategoria，亚里士多德使用它来作为事物最普遍、最一般的"说明"，在《范畴篇》中提出诸如实体、数量、性质、关系等关于事物的十种描述方式，并用范畴来对应存在的方式："就自身而言的存在的意义如范畴表所表示的那样，范畴表标出多少种，存在就有多少种意义。"[①] 在中国，先秦典籍中有"天乃锡禹洪范九畴"（《尚书·洪范》）之说。"范"和"畴"虽然有范物归类的意思，但二词并未连用。先秦时期的"名"的概念倒是比较契合范畴的大致意义，如"夫名，实谓也"（《公孙龙子·名实论》），是认识对象与对象的性质和内容的判断词。无论是古希腊亚里士多德的

---

① 苗力田.亚里士多德选集：形而上学卷［M］.北京：中国人民大学出版社，2000：
　　116.

"范畴"还是中国古代哲学中的"洪范九畴""名"其实并不能充分表达范畴的全部内涵。

所谓范畴,"指反映认识对象性质、范围和种类的思维形式,它揭示的是客观世界和客观事物中合乎规律的联系"①。这种联系本质上是符合一般的认知逻辑和普遍存在的客观规律的,因而也是稳定的。而作为范畴结构,是指范畴内部各要素之间彼此关联、互动和相互作用形成的具有一定逻辑关系的结构框架。刘勰与梅洛-庞蒂诗学的心物关系之范畴结构的讨论,主要立足于各自形成的文化传统和社会思潮背景,在此基础上构成了范畴结构得以展开比较的原则、体系和标准。

第一节　范畴结构的历史演变与表现方式

心物关系,即主观意识认识外在世界的问题,"心"和"物"的关系从根本上说也就是主体与对象的关系。张立文将"心与物"归为实性范畴逻辑结构,即"反映某类事物本质关系的实体性或本体性的范畴"②。心物关系不仅是认识论的问题,而且还是本体论的问题。中西哲学、诗学历史上,对于心物关系的历史认识,由来已久,内涵也极其丰富。

---

① 汪涌豪.中国古代文学理论体系:范畴论[M].上海:复旦大学出版社,1999:2.
② 张立文.中国哲学逻辑结构论[M].北京:中国社会科学出版社,2002:162.

一、中国哲学思想史上的心物范畴

中国是世界四大文明古国之一，早在殷商时期，随着社会生产力的提升，人们的思维能力和思维水平逐渐提高，对周围世界的认识也不断深入。人们在了解客观外在世界的同时，也加强了对自身的认识，进而产生了关于"心""物"的思想。"心"与"物"这对范畴，扎根于中国文化的土壤，首先是极富中国传统特色的哲学范畴。汪涌豪在《中国古代文学理论体系：范畴论》中，把"心"定义为"本原性范畴""关涉文学本体存在的那部分实性范畴"①，凸显出范畴的依存关系和逻辑勾连。

先秦时期，中国人对"心"已经进行了比较深入的探讨和研究，基本上奠定了"心"在中国哲学史上的基本内涵。根据"心"范畴的演变规律，大约有以下几种表现形态。第一，"心"为心脏，是思维的器官。"心"字，最早见于甲骨文。《说文解字》说："心，人心，土藏，在身之中，象形。""心"为象形字，意为人和动物的心脏，表示人身体五脏四肢的主宰。甲骨文卜辞中有云："庚戌卜，□贞，王心若。"②"若"是顺应和善的意思，"心"开始引申为人的思维器官和意识活动。这便是"心"概念最初的萌芽。在《易经》《尚书》中，"心"字使用频率增多，含义也不断拓展，更多指作为主体的人的心理受到外在客观事物的影响而产生的变化，更注重

---

① 汪涌豪.中国古代文学理论体系：范畴论［M］.上海：复旦大学出版社，1999：518-519.

② 转引自张立文.心［M］.北京：中国人民大学出版社，1993：25.

道德意识的内涵。荀子说："心者，形之君也，而神明之主也。"① 荀子对于心的认识超越了实体之心，已接近哲学概念中的思维主体，当然荀子并未认识到思维的器官是人脑，其心物统一于"气"的思想具有古代朴素唯物主义的色彩。春秋战国时期，"心"的概念逐渐抽象化、义理化，开始成为具有普遍意义的哲学范畴。

"心"是思维、思考的主体，具有认识的功能。孔子创立了儒家学派，儒家论心，则以仁义道德为本。《论语》中说，"从心所欲，不逾矩"，孔子把一个人内心的成长、德业的修进和外在的理想抱负融汇于"心"，通过"提高认识来完成道德修养，达到意欲、思想、道德的和谐一致，实现人格的高度完美"②。孟子继承并发展了孔子关于"心"的思想，作《尽心》篇专门讨论"心"的范畴。孟子说："心之官则思，思则得之，不思则不得也。""心"是人体特殊的器官，具有思维和认识的功能；"仁义礼智根于心"，并提出了四种道德之心；人只有通过尽心、知性、知天的认识和修养过程，才能成为圣贤。以老庄为代表的道家以道作为最高的哲学范畴，老庄论"心"，认为"心"体现的是道德虚静无为、自然无争的境界状态。老子说："虚其心，实其腹，弱其志，强其骨，常使民无知无欲。"③ 老子以虚心体现道的性质。庄子继承了老子的思想，进一步提出"虚者心斋"的思想，主张超越物我的局限，实现

---

① 安继民.荀子［M］.郑州：中州古籍出版社，2008：371.

② 张立文.心［M］.北京：中国人民大学出版社，1993：33.

③ 陈鼓应.老子今注今译［M］.北京：商务印书馆，2016：86.

"物我两忘"的主体精神的绝对自由。

第三，"心"为天地万物的本体或本原。董仲舒提出以人心负天心，"心"便具有了外在本体的意蕴。魏晋玄学家把形而上学简化为有无之辨，王充则把心纳入到了无的本体论中："天地虽广，以无为心。"佛教传入中国后，在本土化的过程中，极大丰富了"心"的内涵，"万法唯识""一切唯心"成为佛教各宗的共识。宋明理学使得"心"的范畴更具哲理性和思辨性。二程的心论中，"心"是主体与本体合一的范畴，朱熹则认为"心"是认识论的范畴而不是宇宙万物的本体，突出了"心统性情"的主观能动性功能。程朱以理为形而上的本体，陆王以"心"为形而上的本体，"心即理也"把"心"提升为自然社会、万事万物万理的根源，如陆九渊所提出的"宇宙便是吾心，吾心即是宇宙"。明代王守仁提出"良知者，心之本体"（《传习录》），指出"心"为天地万物之主，天地万物统一于"心"的一元论哲学范畴。

由于"天人合一"的宇宙观，中国古人好从自然之物中观照情感状态和生命活动，他们对天地万物有着十分自然的亲近感，由此对"物"这一范畴注入了很大的关注。"物"是中国哲学范畴系统中最古老、意涵最丰富的概念范畴之一，它包括万象，指涉丰富，不同思想家对这一概念的使用程度也不尽相同。要么如庄子所言的"有貌象声色者，皆物也"，指实在之物。要么如老子所云"道之为物，惟恍惟惚"所指的"物"如道一般大而无边。在这里，我们所指的"物"，是由主体"心"所经验的客观存在，将"物"的概念统一在心物关系的结构之中。

一般来讲，物既有超越于人的意识、不以人的意识为转移的客观实在性，又与人的意识相联系，为人的意识所反映。在中国哲学范畴中，物最一般的内涵，"是一切物体的总和，是一个最一般的概念，它是各种不同体积、性质、形状的物体的多样性统一，能够被人的感觉所描绘"①。"物"这个范畴，在中国哲学范畴体系中，大体上有如下具体表现形态：

一是实像之"物"，即按照物质世界的本原面目来描述物质的现象、形态、功能和属性。《说文解字》中说："物，万物也。牛为大物，天地之数起于牵牛，故从牛勿声。"王国维解释说："古者谓杂帛为物，盖由物本杂色牛之名……由杂色牛之名，因之以名杂帛，更因以名万有不齐之庶物。"②所以，原初的"物"是指先民们对天地间有形有体事物的统称。《论语》中云："百物生焉，天何言哉？"《国语·周语上》中说："利，百物之所生。"《左传》云："物生而后有象。"这些"物"都是指客观世界中有形有体有象的实在之物或者具体的事件，这一层面的"物"是较为纯粹的物本体，还并未完全成为哲学范畴上的物概念。

二是虚实兼具之"物"，即在实像之"物"的层面更进一步，由人的理性思维所经验的，具有形而上本体论意味的"物"概念。

---

① 张立文.中国哲学范畴发展史（天道篇）[M].北京：中国人民大学出版社，1988：205.

② 王国维.观堂集林[M].石家庄：河北教育出版社，2003：142.

老子从"万物负阴而抱阳"的辩证法入手对物的特性做了规定。首先，物是由相对概念构成："有无相生，难易相成，长短相形，高下相倾，音声相和，前后相随，恒也。是以圣人处无为之事，行不言之教，万物作焉而不辞。"（《老子·第二章》）其次，老子提出："道之为物，惟恍惟惚，惚兮恍兮，其中有象。"（《老子·第二十一章》）老子将"物"抽象出来以道论物，使"物"具有了本体论的含义。庄子则继承了老子关于"物"的相对性的特性，更进一步消解了"物"本身存在的客观实在性，"自其同者视之，万物皆一也"（《庄子·德充符》）。与此同时，作为认知主体的人和客观的"物"的界限消除，达到"天地与我并生，而万物与我为一"的"乘物以游心"的状态。战国时的公孙龙撰写《指物论》，从思维与存在的关系角度规定了"物"与属性概念的关系，具有很强的思辨色彩。公孙龙说："物莫非指，而指非指。"① 这就是说"物"是各种事物属性的总和，"物"是具体可感的，而作为属性的指则是抽象不可感的。尽管公孙龙在一定程度上割裂了"物"和"物"的属性的范畴，但对"物"概念还是作了具有本体论思考的分析。

墨子从认识论的意义上系统阐述了心物关系的辩证认识过程。墨子认为"物"是指一切物体，是一个最普遍、最一般的概念："物，达也，有实必待文名也。"（《墨子·经说上》）"物"是能为人所感知和描绘的，"知也者，以其知遇物而能貌之"（《经说上》）。人通过感知事物，进而加以推论，得到较为理性的认识。

---

① 胡曲园，陈进坤. 公孙龙子论疏［M］. 上海：复旦大学出版社，1987：111.

墨子对"物"的理解，对心物关系的实现过程讲得清清楚楚，这在当时达到了相当高的水平。荀子作为先秦哲学的集大成者，关于"物"的概念与墨子基本类似，"物也者，大共名也"（《荀子·正名》），同时将"物"规定为可以为主体"心"所认识的客观事物，只有主观与客观相结合，才能认识"物之理"。中国古人对于"物"范畴的认识和探讨，已经到了相当高的理论水平，既能认识到本体论层面的"物"以及一般属性问题，又能在认识论层面上分析认识主体"心"和客观事物的"物"之相互关系，可见早在先秦时期中国古人的哲学思维水平已经相对成熟。

秦汉魏晋至隋唐时期，关于物论的思想基本沿着先秦时代奠定的物论思想之路发展。比较有代表性的有王充，他将物与气相结合，"天地合气，物偶自生矣"（《论衡·物势》）。"万物之生，俱得一气；气之薄渥，万世若一"（《论衡·齐世》）。物的气态化改变了物的结构形态。佛教学者僧肇受玄学思想影响著《物不迁论》和《不真空论》等文，他认为一切事物都没有自身的本质，"万物自虚"，万事万物既是虚幻的，是空的，又是无差别的。诚然这种否定客观实在世界的看法十分荒诞，但这基本上成为本土佛教物论的基本方向。宋代以降，随着理学的发展，"物"范畴有了新的内涵。张载认为物是客观实有，二程以"理者，实也，本也"（《河南程氏粹言·论道篇》）赋予物多层含义，作为客观物体，经历了由气化到形化的过程。从认识论角度来看，"物犹理也"（《河南程氏粹言·论学篇》），物中包含了理，格物即穷理。朱熹继承了二程的思想，全面阐释了物、理、气之间的关系。朱熹所谓物，首先是天地万物，"凡有声、色、貌、象而盈于天地之间者，皆物也"（《大学或问》）。其次，物是"事"，"既包括一切自然现象和社会现象，又包括心理现象和道德行为"①。最后，物既理，理是"物"的根据，"物者，理之所在"（《朱子语类·卷十五》）。程朱之后，经陆九渊、王守仁，理学发展为心学，物的内涵也发生了相应变化。王守仁认为物是事、是客观事物，这点与朱熹基本相同，但朱熹以物作为理显现自己的形式，而王守仁则将心作为绝对的精神实体，心是物的根源，物是心的派生物，"无心外之理，无心外之物"（《传习录》），离开了人心，就无所谓天地万物。王夫之针对王守仁"心外无物"的思想，认为物是客观存在，他还从认知主体何以认识客观事物的角度阐释了心物关系，"内心合外物以启觉，心乃生焉"（《张子正蒙注·乾称篇下》），王夫之的物论以及心物关系论，已经有了接近近代西方哲学思考的水准。

　　总的来说，中国哲学心物范畴概念深深植根于中国传统文化之中。从概念的基本形态上看，心物关系的范畴具有早熟性，一来具有思辨色彩的认识形成时间早，理论形态化程度较低，趋于凌乱；二来一直没有脱胎出古典哲学的本体论和认识论，还并不是现代意义上的哲学范畴。但是形形色色的心物关系思想，为中国传统诗学探索审美与艺术层面的心物关系及其结构形态奠定了基础。

---

① 葛荣晋.中国哲学范畴通论［M］.北京：首都师范大学出版社，2001：368.

二、西方哲学思想史上的心物范畴

西方哲学中的"心"，一般指心灵或灵魂。从字面上看，作为哲学范畴的心与物的内涵范围要比中国古典哲学中的心物范畴内涵范围相对较窄。在心物关系的范畴比较层面，我们将汉字之心与西方哲学中的主体概念相对举，将心认为是"主体"之"我"。

主体的概念在西方的产生、发展以及演化都承载着深厚的历史基因。当人从蛮荒的神话时代走来，迫切地需要认识和征服自然，人和世界的关系开始紧张。古希腊哲学中的智者学派高呼"人是万物的尺度"，人要"认识你自己"，主体开始有了比较清晰的认识。经历了野蛮的中世纪的压迫，文艺复兴发现并解放了人，人的主体性得到极大彰显，但伴随而来的是无节制的人类中心主义，作为主体的人开始走向异化，直到后现代主义的福柯直呼"人已死"。主体经历了漫长而复杂的生命历程。

1. 古希腊哲学中关于认识的起源与方法论问题

西方古代哲学的转向以苏格拉底为分界，苏格拉底之前的哲学以自然哲学为主，主要以自然万物的本原"宇宙生成论"作为关注的对象。这一时期的哲学家开始尝试以理性的目光关注自然现象，但由于生产力的低下、科技的不发达以及原始的对异己力量的畏惧和恐慌心理，使得自然哲学有很大的神秘和朦胧色彩。因此自然哲学阶段，主体的认知能力还很低下，还并未形成真正意义上的主体意识。在对客观宇宙的认识中，泰勒斯以水作为世界的本原，赫拉克利特以火为世界的本原，毕达哥拉斯学派以普遍、抽象的"数"为宇宙的本原，德谟克利特以原子解释世间万物的多样性等都是朴素的自然哲学的体现。随着古希腊商业经济的繁荣和民主政治的推进，智者学派产生。他们更加关注作为主体的"人"，普罗泰戈拉提出"人是万物的尺度"，使得"认识你自己"成为迫切的问题。苏格拉底把"认识你自己"当作自己的座右铭，将作为主体的理性、认知和自由思维的德行注入主体对自我的思考之中。苏格拉底之后，柏拉图建立起理念论的哲学体系，他将世界分为了"可感世界"和"理念世界"，理念是超越个别事物之外且作为其存在之根据的实在，"可知的理念是可感的事物的根据和原因，可感的事物是可知的理念的派生物"①。那么作为主体的人如何认识理念呢？柏拉图提出了"回忆说"和"灵魂转向论"，进而在西方哲学史上第一次简单地涉及了先验论。

总之，在哲学启蒙的历史时期，从早期的希腊哲学到古典时期的希腊哲学，主要是从宇宙起源论向以伦理学转向为代表的本体论转向，哲学家向外拓展更多关注自然万物的起源，向内延伸关注人自身，这一时期是形而上学形成的时期，认识论问题尚未进入到哲学家的讨论范围之内。但人和自然、自我和世界、意识和存在分开讨论则开辟了西方主客二分的思维传统。

2. 近代认识论哲学中作为认识结构的主体与客体及其关系问题

认识论转向发生在近代，与文艺复兴有很大关系，正如费尔巴

---

① 张志伟，马丽.西方哲学导论［M］.北京：首都经济贸易大学出版社，2005：47.

哈所言："现在，人重新在对自己精神的宏伟创作的观察中感觉到自身的存在，意识到自己的独立自主性，意识到自己在精神上的高尚优雅，意识到自己具有一种内在的、天生的、与上帝相似的东西，产生了对自然界的兴趣和研究自然界的兴趣，获得了观察的才能和对现实的正确观点……"[①] 文艺复兴发现了人和自然，人成了超越神而存在的独立的理性主体，科学的发展和地理大发现使得自然"成为自由主体的客体"[②]。近代自然科学的发展和成就向哲学提出了一系列认识论的问题使得近代哲学一开始就围绕着认识的来源和基础、真理标准和认识方法等问题展开讨论。近代认识论对主体理性的考察沿着两个方向发展，一是从自我理性入手，以哲学思辨的方法高扬人作为主体的能动性；二是从经验出发，运用自然科学的归纳法研究认识的起源与范围，二者分别形成了英国经验论和大陆唯理论两大派别。

（1）唯理论与理性精神

近代理性主义推崇理性精神，将理性作为思维的实体而存在，唯理论始于笛卡尔，经过莱布尼茨、斯宾诺莎，最后由黑格尔加以综合达到顶峰。

笛卡尔的形而上学沉思开启了近代哲学的认识论转向，首先，笛卡尔提出一切认识知识的前提和基础的哲学命题——"我思故

---

① 费尔巴哈.费尔巴哈哲学史著作选：第一卷［M］.涂纪亮，译，北京：商务印书馆，1978：13.
② 向达.主体现象学：主体的自由之旅［M］.北京：中国政法大学出版社，2013：6.

我在"，以"我思"主体作为形而上学的第一哲学原理，强调主体的思维、理性、意识在认识自我和外在世界的作用，"严格来说我只是一个在思维的东西，也就是说，一个精神，一个理智，或者一个理性"①。也就是说，"我"是一个心灵的实体，该实体的全部本质和性质只是思想，它不依赖于任何物质的存在而存在。笛卡尔通过普遍怀疑的方法确定了"我思"存在的唯一合法性，进而在认识论角度确定了理性主体性的原则，但他也走向了二元论的困境：我思是我思，物质是物质，二者是相互独立无法联系的实体。心灵的属性是思想，物质的属性是广延，心灵何以认识物质，思维能否经验存在成为难以逾越的鸿沟，这就造成了心物关系与身心关系的对立。如何解决这一问题，笛卡尔搬出了"上帝"，以上帝的存在来证明客观物质世界的存在。从而确定了心灵、上帝、物体三种"实体"的存在，"顺着这条道路我们就能从深思真实的上帝（在上帝里边包含着科学和智慧的全部宝藏）走到认识宇宙间的其他事物"②，所以心和物的存在都依赖上帝。笛卡尔确立了主体性的原则，但同时也开启了西方哲学二元论的困境，即心物对立、身心对立的存在关系，可以说近现代西方哲学的认识论、存在论关于主体与客体存在的问题，都是沿着笛卡尔所开创的主体性哲学框架而展开的。

　　荷兰理性主义哲学家斯宾诺莎沿着笛卡尔的道路，以几何学的

---

① 笛卡尔. 第一哲学沉思录［M］. 庞景仁，译，北京：商务印书馆，1986：26.
② 笛卡尔. 第一哲学沉思录［M］. 庞景仁，译，北京：商务印书馆，1986：55.

证明方法提出了实体、属性和样式的学说，斯宾诺莎指出："观念的次序和联系与事物的次序和联系是相同的。"① 这就说明作为认识主体的人的心灵可以完全达到对于事物的正确认识，但他又提出了认识的三种具体方式以求观念符合它的对象。莱布尼茨从人的自由和活动的角度说明人的理性："只有理性才能建立可靠的规律。"② 他认为人的肉体和精神是由单子构成的，并且将笛卡尔的"天赋观念论"彻底发挥，"我甚至认为我们灵魂的一切思想和行动都是来自它自己内部，而不能是由感觉给予它的"③。

黑格尔是西方近代哲学的集大成者，他继承了费希特的"辩证法"和莱布尼茨的本体论和认识论，同时将本体论与认识论合二为一，将理性和自由演绎成"绝对精神"，他认为本体就是认识的主体，本体的发展历史就是理性这一"绝对精神"形成和发展的历程，本体具有能动性，人的历史和认识都是由人自己创造的。在方法论上，黑格尔运用超越形式逻辑的辩证逻辑，认为世界的发展就在于实体内部的矛盾性。然而，黑格尔把理性、纯粹逻辑当作人唯一的特性，把主体能动性发挥的历史运动过程看作客观精神运动的表现，因此并未"把人、人的能动性、人的历史真正结合起来，他对认识主体能动性的阐述，不过是他所预设的前提的同义反复"④。

---

① 北京大学哲学系外国哲学史教研室编译. 十六—十八世纪西欧各国哲学［M］.北京：商务印书馆，1975：279.
② 莱布尼茨. 人类理智新论：上册［M］.陈修斋，译，北京：商务印书馆，1982：5.
③ 莱布尼茨. 人类理智新论：上册［M］.陈修斋，译，北京：商务印书馆，1982：36.
④ 何萍. 人类认识结构与文化［M］.武汉：武汉出版社，1991：55.

（2）经验论与主体认识论

近代经验主义认识论的奠基人是英国哲学家培根，培根反对笛卡尔仅从思维中演绎知识的观点，他注重用感觉经验对理性加以限制，强调科学实验在认识客观事物中的作用。洛克更是旗帜鲜明地批判了笛卡尔的"天赋观念论"，"人具有认识事物的能力，他并不需要任何天赋观念或天赋原则的帮助，就可以凭借这些能力获得一切知识，并达到其准确性"①，进而他提出"白板说"。人的心灵、意识就是一张白纸，空无一物，一切的知识都来源于心灵对外部世界的感知，洛克阐释了经验论的基本命题和原则，即人的全部经验的获得，归根结底来源于经验。虽然洛克对理性进行了系统而全面的批判，力图证明认识和经验的客观性，但是他仅从人的神经意识活动出发研究该问题，并提出了三种不可知的对象——"无限之物""实体物""大机器中自然产生的各种现象"。在后期，洛克提出了上帝将思想赋予物质的主张，则进一步否认了人认识的无限可能性并导向了不可知论的倾向。

休谟继承了洛克的经验主义传统，但改造了经验主义的研究方向，将经验主义带到了一个崭新的高度。首先，休谟把认识论的研究重点放在认识主体上。他把自己的哲学称作"人性科学"，所谓人性就是人的理性，包括人的认识、情感、趣味、道德和社会行为等。其次，休谟提出了更彻底的经验论立场，认为人类的一切观

---

① 周晓亮.西方哲学史（学术版）：第四卷［M］.南京：凤凰出版社，江苏人民出版社，2004：321.

念和知识只能限制在感觉经验或"知觉"之内，也就是说，不论是作为外在实体的物还是最高实体的"上帝"都是超越感性经验的存在，哪怕是作为认识主体的心灵或自我，也是超验的，它们是"以不能想象的速度互相接续着，并处于永远流动和运动之中的知觉的集合体，或一束知觉"[①]，他们既不能认知，也不能证明，因此，除了经验以外再无其他东西存在。这样一来，休谟把人的理性的功能范围缩小到了经验的联想和印象上，最终导致了怀疑论。

德国古典哲学家康德是在休谟的影响和启示下开启哲学活动的，在认识论问题上，康德主张协调经验论与唯理论之间的矛盾，认同知识来源于经验，他赞成经验论的一般原则，同时他又提出"我们如何能够先天地经验对象"[②]的问题，从人先天理性出发重建理性批判，把人的认识能力划分为感性、知性、理性三个层次。首先，康德为了证明科学知识的普遍必然性，突出了主体在认识过程中的地位和作用，进一步区分了不能提供事物知识的分析判断和能够提供关于事物知识的综合判断。而纯粹理性批判所要解决的中心问题是"先天综合判断如何可能"。其次，在认识的基本思路方面，康德把认识从结构上区分为"直观"和"概念"，进而确定了认识的对象。康德确定了人类理性的两种功能，一是认识功能，即理论理性；二是意志功能，即实践理性。但主体通过认识形式所认识

---

① 休谟. 人性论：上册 [M]. 关文运，译，北京：商务印书馆，1980：282-283.
② 康德. 任何一种能够作为科学出现的未来形而上学导论 [M]. 庞景仁，译，北京：商务印书馆，1982：40.

的事物是事物对我们的"显现"，存在着在认识形式之外的"物自体"，因而人只能认识事物的表象不能认识事物的本质，这就倒向了不可知论。康德认识论从近代认识论单纯研究知识转向了研究认识结构和知识形成的问题，大大深化了认识论的研究。但康德的哲学体系中仍未解决认识客观性的问题，认识的能动性只是先验的能动性，因此认识论的"二律背反"问题仍然难以解决。

（3）马克思主义实践认识论

19 世纪 40 年代以后产生了马克思主义哲学的认识论，它是由马克思、恩格斯在继承、批判和总结以往哲学史上关于认识论问题的基础上逐步建立和发展起来。马克思主义哲学认识论坚持物质世界独立于意识之外并不依赖于意识而客观存在的辩证唯物主义观点，肯定物质世界的可知性以及认识的可能性和无限性，它以能动的社会实践的历史发展为基础，科学地揭示了认识主体与认识客体及其相互关系的认识论问题。首先，对认识客体的理解方面，马克思反对"直观的唯物主义"，因为他们"只是从客体的或者直观的形式去理解，而不是把他们当作感性的人的活动，当作实践去理解，不是从主体方面去理解"[①]。人们在实践的基础上首先获得对外部感性世界的感性认识，在感性认识的基础上经由实践实现认识的理性飞跃。马克思认为感性世界本质上是以人的感性的实践活动为基础的客观物质世界，它具有深刻的社会历史性。作为客体的世界

———————————

① 中共中央马克思恩格斯列宁斯大林著作编译局 . 马克思恩格斯选集：第一卷［M］. 北京：人民出版社，1995：58.

是现实的感性存在物，是主体能动的实践活动可以去认识的客观世界。这就为人认识世界提供了科学的观念与方法论。其次，作为认识主体的人，是具体的、历史的、实践的人。人作为认识主体，首先是社会实践的主体，只有在社会实践中，人才能形成和发展作为主体的本质力量从而确定人的主体地位。最后，实践是认识的来源，认识在实践的基础上产生并反作用于实践推动实践的发展，实践在改造客观世界的同时也锻炼和提高了主体的认识能力，随着主体认识能力的不断提高，认识客体也会在广度和深度方面加深和扩大，进而促使认识更加全面和深化。马克思主义哲学使得认识论与本体论相结合，使唯物主义世界观和历史观与辩证法有机结合，克服了经验论与唯理论的片面性，提高了人们认识与改造世界的能动性、科学性和自觉性。

3. 认识论问题在现代哲学中的延伸

19世纪与20世纪之交，伴随着科学主义思潮的盛行，认识如何可能以及如何超越自身去认识不在自我思维和意识范围之内的自在事物，这在现代哲学中仍然占据重要地位，哲学认识论的发展呈现出多元化的特点。

以非理性的怀疑和反思作为对理性主体存在意义的探索，是现代哲学认识论发展的一条重要路径。这一路径以叔本华和尼采的唯意志主义哲学、福柯的知识考古学与权力关系理论以及德里达的解构主义为代表，他们或反思，或质疑，乃至摧毁传统哲学中的理性主体。叔本华和尼采的唯意志主义哲学的共同立场就是反思传统理性对主体价值的遮蔽，批判理性对主体性的异化，企图用非理性精神来唤醒主体存在的意义。因此尼采喊出"上帝已死"，建立起"超人"的主体存在。福柯的知识考古学一定意义上是针对人文学科的主体中心论，他认为主体的凸显抹杀了人的主体精神，只有消解作为主体的人才能唤醒人的精神，"人将被抹去，如同大海边沙地上的一张脸"①，人死了，主体消解在知识型的话语之中。德里达从批判语言学中的文字和语音的二元对立入手，批判助长理性霸权的"暴力形而上学"，他通过文字来解构主体，最终实现"人的终结"。这一路径批判异化、分裂的主体，最终导致了后现代转向。

第二条路径就是从传统认识论主体和客体的关系问题开启对认识可能性问题的探索，这直接引发了现象学运动思潮的发展历程。布伦塔诺所倡导的描述心理学定义为哲学的本质和"确定人类意识的基本成分及其相互联系方式的科学"②，把可以被内感知的心理成分作为认识论研究的主要对象，并提出关于客观存在的"物存论"和关于意识结构的"意向性"概念，后者为胡塞尔所继承和发展。

胡塞尔是现象学运动的集大成者，他提出现象学的目的是力图使哲学建立在"最严格的"科学的基础上，与传统哲学和自然科学划清了界限。胡塞尔看到传统哲学中认识论二元对立以及唯我论的缺陷，提出"现象"研究的根本任务是"回到事物本身"，希望解

---

① 福柯. 词与物——人文科学考古学［M］. 莫伟民，译，上海：生活·读书·新知三联书店，2001：506.

② 谢地坤. 西方哲学史（学术版）：第七卷（上）［M］. 南京：凤凰出版社，江苏人民出版社，2005：256.

决"认识如何能够确定它与被认识的客体相一致，它如何能够超越自身去准确地切中它的客体"①，即解决认识如何可能的问题。首先，胡塞尔要解决现象的本质问题，他认为现象的本质存在于意识之中，只有从意识的结构成分分析才能把握现象的本质意义，这就是事实意识活动与意识对象之间结构性关系的意向性理论，在排除了"不纯粹"的意识内容后剩余的便是纯粹意识的基本结构——意向性。其次，在先验现象学阶段，胡塞尔通过现象学的还原和现象学构造的手段来彻底解决解释本原的问题。一方面意识行为包含三个环节：意向行为、意向对象和意向内容。在意识对象层面，通过"加括号"的方法排除了世界存在的设定，"我知觉着这个物。这个自然客体……除此以外别无他物是知觉的'意向的'现实客体"②，当意识中意向对象被排除了经验、想象和思维的全部内容后，只剩下了能被本质直观把握的、主体性的纯粹先验自我。为了克服先验自我的唯我性，晚年胡塞尔提出了"交互主体性"概念，这就涉及自我与他我的关系，即作为主体的"自我"与同样作为主体的"他我"主体间的关系，这就为海德格尔的存在现象学和梅洛－庞蒂知觉现象学开辟了道路。

胡塞尔的现象学明确地将认识的结构作为研究对象，这对20世纪认识论的发展产生了巨大而深远的影响。但胡塞尔通过先验还原得到的先验自我，完全脱离了事实和经验，陷入了唯我论。海德

---

① 胡塞尔.现象学的观念［M］.倪梁康，译，上海：上海译文出版社，1986：22.
② 胡塞尔.纯粹现象学通论［M］.李幼蒸，译，北京：商务印书馆，1996：228.

格尔企图通过存在论来解决胡塞尔的主体性残余问题。海德格尔对现象的理解与胡塞尔不同，他认为真理和现象并不是如传统认识论所说的主体与客体的对应关系，人首先是作为此在的、为自我的存在，其存在的过程构成了存在本身，"此在的'本质'在于它的生存……这个存在者为之存在的那个存在，总是我的存在"①。其次，人的存在方式是"在世界中存在"，没有独立于人的存在物，人与世界和他人的关系是"共在"。所谓"在世界中存在"，海德格尔指出："把世界作为如此这般熟悉之所而依寓之、逗留之。"②人在"烦忙"的生存活动中通过器具与他人打交道，与他人和世界"共在"。因此，此在不是传统认识论中认识的主体，世界也不是与主体相对应而存在的客体，人与世界的关系、此在与在世的存在者也不是主体与客体的对象性关系，真正本源性的认识就在于此在操作与使用器具的烦忙活动之中。海德格尔的存在论道出了世界的一种本源性存在，认识只是此在在世的一种方式，此在的真正状态是"此在的在世向来已经分散在乃至解体在'在之中'的某些确定方式中"③，这种此在对世界的筹划超越了传统认识论和形而上学中的主客二元对立。

从心物关系的范畴结构发展历程来看，中西哲学诗学史上对于

---

① 海德格尔.存在与时间［M］.陈嘉映，王庆节，译，北京：生活·读书·新知三联书店，1987：52-53.
② 海德格尔.存在与时间［M］.陈嘉映，王庆节，译，北京：生活·读书·新知三联书店，1987：67.
③ 海德格尔.存在与时间［M］.陈嘉映，王庆节，译，北京：生活·读书·新知三联书店，1987：70.

心与物、主体与客体、主观与客观、主体与对象、思维与存在、意识与物质、先验自我与生活世界、此在与世界等不同表现形态来看，尽管不同历史时期、不同思潮发展阶段、人类认知水平不同，这种范畴关系始终是结构性存在的，心物关系的发展历程，始终是在对二者相互关系认识的发展过程中的。但中西心物关系范畴结构也有很大的区别，一方面，中国古代哲学、诗学中，"心"和"物"本身就是一对对偶性的范畴关系，二者内涵和形态的发展也是在各自语言表达层面上演化的。另一方面，西方心物关系的表现形态极其复杂，这和西方哲学的数次转向有明显的关联，而作为认识论的问题的批判和反思一直伴随哲学史的发展而变化。

第二节　范畴结构的诗学形态与内涵

在诗学形态中，"心"和"物"概念以及心物关系结构的内涵更具美学的特征。刘勰与梅洛－庞蒂心物关系的范畴结构的具体表现形式可以总结归纳为一对更为具体的范畴——"物感"和"知觉"。物感是中国古典诗学和美学的主要范畴之一，在魏晋南北朝时期经过刘勰的总结和描述其内涵不断丰富和完善，知觉在梅洛－庞蒂的现象学体系中，居于"首要地位"，二者皆来自审美主体与审美对象之间特殊的审美意向关系，是审美主体间性的体现。

一、刘勰"物感"理论的诗学形态与内涵

"物感"说纵贯中国千年的文论史和美学史，它立足在心物关系的审美维度，认为诗与艺术的创造是由外物刺激心理，由心物的互动而生成，物感既是一种独特而微妙的心理活动过程，同时也是一种直观感悟的审美过程。

1.诗学"物感"说的发展与形成

最早关于"物感"的观念萌芽自《周易》。《咸卦》中说：

> 咸，感也；柔上而刚下，二气感应以相与。止而说，男下女，是以亨，利贞，取女吉也。天地感而万物化生，圣人感人心而天下和平：观其所感，而天地万物之情可见矣。①

该卦诉说了男女的交感不仅是生理交配，同时也是情感的感应，由男女的交感想到天地的感应造化了万物，人与人之间的感应、圣人与普通人之间的心理感应和沟通而激发造就了各种感情。这种物感观念虽然还只是对自然现象与生活经验的总结，但是自然开始进入到人的审美视野之中，人的审美感情逐渐被唤醒。

《礼记·乐记》系统总结了先秦时代的美学思想，提出了"物感"说的基本内涵：

---

① 黄寿祺，张善文.周易译注［M］.上海：上海古籍出版社，2007：181-182.

> 凡音之起，由人心生也。人心之动，物使之然也。感于物而动，故形于声。声相应，故生变，变成方，谓之音。比音而乐之，及干戚、羽旄，谓之乐。乐者，音之所由生也，其本在人心之感于物也。①

《乐记》完整阐述了"外物—心感—声乐"的审美过程：乐的形成"由人心生"，"感于物而动"，为表达人的感情而产生。这里所谓的"物"，并非纯粹的自然世界与外在客观事物，而是具有伦理道德意味的社会事物，与社会教化联系在一起，反映了儒家的伦理教化功能。虽然《乐记》的"物感"说有局限性，但"感于物而动"这种朴素的唯物主义观点，揭示了"物感"理论的实质，即人与物的交互感应的艺术生成机制，为后世的"物感"理论的发展开拓了道路。

魏晋时代，作为文艺美学和诗学范畴概念的"物感"说逐渐成熟，其主要的标志是作为范畴结构的"物"概念具有了独立的审美意义和价值，物不仅指自然万物，而且还包括社会事物、时序变化、人生遭际，等等。"'物'不单纯是客观物象，它作为饱含灵性的一种生命体能够表现出人的感情，能够传达出不同的情绪色彩。"②

西晋陆机在中国诗学史上第一次探讨了文学创作的基本问题，

---

① 胡平生，张萌.礼记：下册［M］.北京：中华书局，2017：712-713.
② 周建萍.中日古典审美范畴比较研究［M］.北京：中国社会科学出版社，2015：123.

并继续阐述和丰富了"物感"理论。在《文赋》中，陆机说：

> 伫中区以玄览，颐情志于典坟。遵四时以叹逝，瞻万物而思纷。悲落叶于劲秋，喜柔条于芳春，心懔懔以怀霜，志眇眇而临云。咏世德之骏烈，诵先人之清芬。游文章之林府，嘉丽藻之彬彬。慨投篇而援笔，聊宣之乎斯文。①

四时节气的变化，引起世人情绪的变化，复杂的万物诱发了诗人的思绪，人的各种情感产生于对世界万物的感应。客观外物与主体的关系进一步深化。陆机还重点讨论了"意不称物，文不逮意"的问题，这就触及了物感的一个深层问题，即物感的理想状态——物、意、文的融通问题，这大大丰富了物感的理论内涵。

对物感说的成熟贡献最大的是作为诗学"双美"的刘勰和钟嵘，刘勰的《文心雕龙》系统阐述了心物关系结构下的物感理论，包括心物的概念内涵和心物交融互动的生成机制。钟嵘在《诗品序》中就言及作为"心"的外在表现形式的"情"，与外在之物相互感应、相互激荡的生命状态："气之动物，物之感人，故摇荡性情，形诸舞咏。"钟嵘更是全方位定义了作为审美的"物"的内涵：一是自然之物，即"春风春鸟，秋月秋蝉，夏云暑雨，冬月祁寒"这些自然风物；二是"楚臣去境，汉妾辞宫""骨横朔野，魂逐飞蓬""负戈外戍，杀气雄边"等广阔的社会现实以及人生遭遇，这

---

① 王永顺. 陆机文集·陆云文集 [M]. 上海：上海社会科学院出版社，2000：11.

就突破了先秦时代物感于"事"的范围，物感理论的意蕴也向纵深拓展，隋唐以后的物感理论基本上遵循了魏晋南北朝时期所奠定的理论体系基础。

中国古典诗学中的"物感"理论，具有源远流长的发展历史，是最具中华民族特色的诗学理论。物感说从朴素的唯物主义与生成起源论的角度出发，客观、诗意地阐述了艺术起源的原因和过程，不同于西方柏拉图"迷狂说"与现实主义的"反映论"，"物感"说强调审美主体与审美对象之间的交流和互渗，主体与对象之间相互依存、相互交融，"心灵受外物之感发，形成了某种很强的意向性"①，这种意向性的指向类似于胡塞尔现象学的意向性，即审美的意识意向与外在之物形成意向关系，然而中国古典诗学物感说的一大鲜明的底色，就是物感兴会的生命感，这种生命感经由心物互动的双向意向性指向宇宙人生、大千世界，成为中国传统诗学的核心范畴，正如史忠义所言："感物说是中国诗学的机枢，总摄中国古代各种诗学观。感物说其实也是中国哲学的机枢……但道家思想、儒家思想和易学都建立在感物说的基础上，感物说统摄儒、道、易。"②

2. 刘勰诗学物感说的理论形态与内涵

刘勰在前人"物感"说的基础上构建自己的物感诗学，并在《文心雕龙》的相关篇目中进行理论化和系统化的阐述。其"物

---

① 张晶. 美学的延展 [M]. 北京：商务印书馆，2006：172.

② 史忠义. 西方感知现象学与中国感物说 [J]. 深圳大学学报，2007（6）：12.

感"说分为三个部分，一是"应物斯感"，即艺术审美的发生学层面，阐述了艺术生成的原因；二是"随物宛转""与心徘徊"，即艺术生成的内在机制与心物间的辩证关系；三是"情以物兴""物以情观"，即心物交融的审美艺术效果；四是"神与物游"，即艺术审美体验的最高境界。

《文心雕龙》的《明诗》篇云：

> 人禀七情，应物斯感，感物吟志，莫非自然。[①]

《物色》篇云：

> 春秋代序，阴阳惨舒，物色之动，心亦摇焉。盖阳气萌而玄驹步，阴律凝而丹鸟羞，微虫犹或入感，四时之动物深矣。若夫珪璋挺其惠心，英华秀其清气，物色相召，人谁获安？是以献岁发春，悦豫之情畅；滔滔孟夏，郁陶之心凝。天高气清，阴沉之志远；霰雪无垠，矜肃之虑深。岁有其物，物有其容；情以物迁，辞以情发。一叶且或迎意，虫声有足引心。况清风与明月同夜，白日与春林共朝哉！[②]

刘勰从"心"的表现形式"情"为发端开始他的物感生成论。人的七情六欲是人先天的禀赋，人具有先验的"情"，为"物"所

---

① 范文澜. 文心雕龙注［M］. 北京：人民文学出版社，1958：65.
② 范文澜. 文心雕龙注［M］. 北京：人民文学出版社，1958：693.

感，"应物"而感，在感物的基础上通过"吟"的艺术处理而生成"志"，"志"是诗人在"情"变化的基础上生成和凝结而成的。童庆炳说："诗歌的本体是'志'，一种经过'感'与'吟'两度心理活动后产生的情感。"[①] 这就形成了"禀情—感物—吟志"的艺术生成过程。对于"物"的内涵和功能，刘勰也作了清晰的界定，这个层面与钟嵘的物感理论基本相同。"物"最基本的功能是对情的感发，最现实的"物"就是自然景物，四季的更迭、生物的勃发、生命的律动，都在激发着人的情感和精神。"物"不仅有感于心的作用，物还具有主动性的功能，刘勰用"珪璋挺其惠心，英华秀其清气"来说明物与人之间生命与生命的感应和互动，因此物感也变成了"情以物迁，辞以情发"这种自然而然的过程。刘勰的物感发生说有着深厚的哲学基础，根本上是根植于传统的"天人合一"的宇宙观。天地人三才中，人是"五行之秀"，是"天地之心"，"天地与我并生，万物与我为一"的自然观在刘勰这里有着深刻的烙印。

《物色》探讨了心物之间具体的辩证关系："写气图貌，既随物以宛转；属采附声，亦与心而徘徊。"刘勰用传神之笔，勾勒出心与物之间相互存在、相互融合的状态：心与物之间，你中有我，我中有你，相互融汇、相互交流。一方面，"随物宛转"是以物为主，心尊重、服从、深入、归化于物，心随物化；另一方面，与心徘徊是以心为主，物进入作为审美主体的心之中，为心所摄入和贴近，

[①] 童庆炳. 中国古代文论的现代意义［M］. 北京：北京师范大学出版社，2003：183.

以心为主导，最终实现心物交融。在心物融合的过程中，刘勰充分把握住了心物关系的基本姿态，那就是心物之间互为主体、互为对象，心不是为物所形役，物也不完全是心的构造物，心物实现了平等的交往和对话，实现了审美主体与对象主体的内在统一，因此刘勰的心物辩证关系是一种古典性的审美主体间性。

《诠赋》云："原夫登高之旨，盖睹物兴情。情以物兴，故义必明雅，物以情观，故词必巧丽。"虽然《诠赋》通篇在文体论的基础上讲关于"体物写志"的赋体文学创作，但从"睹物兴情"的艺术表现层面来看，刘勰总结出物感的两种具体表现形态——"情以物兴"和"物以情观"。汪涌豪在《中国古代文学理论体系：范畴论》中将"物以情观"作为心物关系范畴的一种表现形态，"落实到单个人而言，这种向内搜寻而形成的稳定心理结构和情感类型，通常是构成作者感物的基础"[①]，汪涌豪是在客体本源范畴"物"的本体自主性角度将"物以情观"作为主客体融合为一的基本象征。然而，在《诠赋》中，"物以情观"是与"情以物兴"对举的，二者不仅是物感的基础，同时还是物感的艺术效果的具体表现。首先，感物的最一般效果是"兴情"，"情"因为外物的激发而感兴，这是从物看心物关系的效果；而外物是情的意向性的对象，自在之物超越其自身的本体性而成为自为之物的"观"正是情的指向作用。"兴"与"观"作为连接心物关系的中枢，使得心物融合的艺术效果得以体现。与"随物宛转""与心徘徊"相对应，"情以物

---

① 汪涌豪. 中国古代文学理论体系：范畴论［M］. 上海：复旦大学出版社，1999：531.

兴""物以情观"是从审美艺术的表现效果层面体现审美主客体的交融统一。

"物感"说的最高境界是心与物彼此的自由无碍、超越融通，刘勰将这种境界称为"神与物游"。在审美的高妙境界，主体的由"感"而"兴情"、由"吟"而发"志"，最后达到"神"会于"物"，神物共游。因此，神思不仅是创作构思的阶段，而且还是审美的高潮阶段。《神思》篇中，刘勰详细地描绘了这种艺术体验的实现形式和实现过程，《文心雕龙》的《神思》篇云：

> 古人云："形在江海之上，心存魏阙之下。"神思之谓也。文之思也，其神远矣。故寂然凝虑，思接千载；悄焉动容，视通万里；吟咏之间，吐纳珠玉之声；眉睫之前，卷舒风云之色；其思理之致乎！故思理为妙，神与物游。神居胸臆，而志气统其关键；物沿耳目，而辞令管其枢机。枢机方通，则物无隐貌；关键将塞，则神有遁心。是以陶钧文思，贵在虚静，疏瀹五藏，澡雪精神。积学以储宝，酌理以富才，研阅以穷照，驯致以绎辞。然后使玄解之宰，寻声律而定墨；独照之匠，窥意象而运斤。此盖驭文之首术，谋篇之大端。夫神思方运，万涂竞萌；规矩虚位，刻镂无形。登山则情满于山，观海则意溢于海；我才之多少，将与风云而并驱矣。[1]

---

[1] 范文澜．文心雕龙注［M］．北京：人民文学出版社，1958：493–494.

作为文艺学概念的"神思"，指的是艺术构思的复杂心理过程。从神思的发生来看，其超越了感物、兴情的初级阶段，思维的飞跃直达精神自由的逍遥境界。"神与物游"首先具有超越性，即超越时间与空间的限制，所谓"其神远矣"是指人的精神随着想象而自由地驰骋纵横，因此可以"思接千载""视通万里"，达到"观古今于须臾，抚四海于一瞬"的自由境界。神思进入极致的境界就是"神与物游"，所谓"神"不仅仅是心的外化形式，而且指无所依赖于外的绝对自由的精神。所谓"游"就是精神自由地流动和变化，"神与物游"同样具有心物的双向性和互动性：一方面，神之游受牵引于物，物的变化影响着神的运动，物从主体的眼中之物而变成心中之物的过程是"独照之匠，窥意象而运斤"，"这里的'意象'不是前面所说的物象，而是心象，'心象'已脱离开物象的实在性，是作家通过'神思'虚构出来的存在于心中的可视可感的形象。"[①]另一方面，神深入于物，在"情往似赠，兴来如答"中，使物跟随着神的变化而变化，因而可以"登山则情满于山，观海则意溢于海，我才之多少，将与风云而并驱矣"，"神与物游"的过程，也是作为审美主体的心的感情灌注的过程。"神与物游"是最大程度的审美体验，是物感说的升级，是心物互动的最高境界，在"神与物游"阶段，精神与物象相互交流、相互应答、相互渗透、相互交融。内在情感的丰富性与审美体验机制的超越性结合于"神与物游"，这不仅是刘勰"物感"说的最大贡献，同时也是中华古典诗

---

① 童庆炳.中华古代文论的现代阐释［M］.北京：中国人民大学出版社，2010：114.

学最鲜明的亮色。

不难看出，刘勰心物关系诗学的"物感"理论不仅仅是前人物感理论的集大成，而且还具有极强的开拓性，他从艺术的发生、艺术的运作机制以及艺术的效果等层面系统总结了其诗学体系。刘勰的诗学体系有很强的内在逻辑性和外在层次性，从"应物斯感"到"睹物兴情"再到"神与物游"，心物关系的理论形态层层递进，不断深入。

二、梅洛–庞蒂知觉现象学的诗学形态与内涵

施皮格伯格这样评价梅洛–庞蒂的知觉现象学中知觉概念的地位："知觉是科学和哲学的发源地。被知觉和被体验到的世界以及它的全部主观的和客观的特征，是科学与哲学的共同基础。"[①] 无论是早期的著作《行为的结构》中从研究意识与自然的关系分析行为的概念，还是在其成名作《知觉现象学》中用原初的"知觉"来解释人与世界、人与他人的关系，或在后期阶段的《世界的散文》《可见的与不可见的》中将身体与世界替换为感性的"肉"。在梅洛–庞蒂看来，知觉是人与世界相互交往和接触的最基本方式，人类所有的知识都产生于知觉经验所开启的视阈之中，人类所有在世界的存在方式都建立在知觉的基础之上。

梅洛–庞蒂从知觉经验出发来解释人与世界、人与他人之间的

---

① 施皮格伯格．现象学运动［M］．王炳文，张金言，译，北京：商务印书馆，1995：
750.

原初关系，他将胡塞尔的意识意向性改造为身体意向性，用主客合一、心物交融的身体来破除自笛卡尔主义以来的身心二元对立论，将身心合为一体。主体与对象不再是认识与被认识的关系，而是退回到原初人与自然的共在关系上，先验现象学也成为由知觉经验所开启的"在世界中存在"的存在论现象学。在此基础上，梅洛－庞蒂实现了对传统形而上学和本体论二元对立模式的破解，以超越经验主义与理智主义的含混姿态，贯彻了现象学"回到事物本身"的理论宗旨。

由于梅洛－庞蒂立足于超越认识论的现象学哲学的角度探讨心物关系，同时还涉及自笛卡尔时代所衍生出的身心关系，一方面，他继承了胡塞尔所开启的现象学还原的路径与重返"生活世界"的现象学理想；另一方面，他受格式塔心理学关于知觉构造问题的影响，从知觉现象开始研究人认识世界的问题。因此，他的哲学之路是在批判前人的思想基础上开始的。如果按照传统认识论主体与客体的划分来图解梅洛－庞蒂的哲学体系，显然是不恰当的。与对刘勰的诗学体系的归纳不同，对梅洛－庞蒂的诗学体系的归纳，笔者顺着知觉现象学产生的内在逻辑来阐释他含混而感性的诗学内涵。

1. 知觉的首要性与原初性：现象学还原与重返知觉经验

胡塞尔的先验现象学用现象学还原的方法回溯到他认为的原初点——先验自我或纯粹意识，这是梅洛－庞蒂所反对的。在《知觉的首要地位及其哲学结论》中，梅洛－庞蒂开宗明义地指出人与世界的这种原初的知觉关系："被知觉世界不是科学意义上的物体的总和，我们与它的关系也不是思想者与思想对象的关系，并且多种意识针对被知觉物所达成的统一性并不等同于多位思想家所承认的定理的统一性，而被知觉的存在也不等同于观念的存在。"① 在他看来，先验还原的原初现象不是透明的纯粹意识，而是知觉经验，知觉是意识的最原初形态，我与世界的关系不是认识与被认识的关系，我是通过知觉经验来和世界打交道的，因而，知觉居于首要的地位。"我用知觉来经验世界"成了梅洛－庞蒂知觉诗学的一般结构模式，在此基础上开启了我与世界、他人、自然之间活生生的在场关系。在这里，我们暂时搁置梅洛－庞蒂与胡塞尔、萨特、海德格尔以及格式塔心理学派之间种种复杂的关系，而是将知觉的内涵系统化，纳入到心物关系诗学的结构化体系中来。

首先，知觉根本上是一种关于人投身在世界中的境遇性存在。与中华古典诗学重直觉感悟的特征很类似，知觉所强调的心与物、心与身、我与他人、我与世界的关系是一种知觉所开启的境遇性的存在关系。也就是说，主体与对象之间，没有了纯粹的意识与纯粹的客体，既没有对象性的认识关系，也没有超自然的绝对主体存在。一切都是扎根于大地的，在活生生的人与在场的世界之间构建知觉的经验，进而获得我的存在和对世界的意义。"知觉，是借助身体使我们出现在某物面前，该物在世界的某处有其自身的位置，而对它的破译旨在将其每一细节再置放到适合它的感知境遇之

---

① 梅洛－庞蒂.知觉的首要地位及其哲学结论［M］.王东亮，译，北京：生活·读书·新知三联书店，2002：3.

中"①，所以，世界是先于我而存在着的，世界的结构和意义并不是纯粹意识所赋予的，而是一切都在具体的情境和视阈中存在着。由此，梅洛－庞蒂早期在《知觉现象学》中主张以身体—主体的方式获得对世界的经验，到了晚年在《可见的与不可见的》等著作中又提出"世界之肉"的概念，无疑是对知觉处境的本质思考。

其次，梅洛－庞蒂通过对经验主义与理智主义的批判和超越来说明知觉的含义和知觉得以展开的具体结构。知觉既不是经验主义所讲的感觉的综合，也不是理智主义所说的知性。在理智主义看来，对于事物的知觉可以借助某种理智的综合来达到，运用具体的"注意""判断"等理念化的方式来探讨知觉，为知觉下定义，这样使得知觉具有某种孤立的纯粹性。这是为梅洛－庞蒂所不能接受的，他借用灯可见的一面和不可见的一面来说明在场知觉和不在场知觉的统一性："不是一种可自由假定整个事物的智性综合，更像是一种实践综合：我可以触摸这盏灯，不仅可依其转向我的一面触摸它，也可伸手到另一面去，我只需伸出手来就可把握它。"② 为了唤醒含混而感性的知觉经验，梅洛－庞蒂又批判了经验主义所主张的感觉的综合，因为经验论将知觉简单化为外部事物对人的感觉器官的简单刺激。在《知觉现象学》中，他把这种简单的刺激定义为"纯粹印象"，这就把知觉集中在了知觉物上，放弃了对知觉经验、

---

① 梅洛－庞蒂. 知觉的首要地位及其哲学结论 [M]. 王东亮，译，北京：生活·读书·新知三联书店，2002：73-74.

② 梅洛－庞蒂. 知觉的首要地位及其哲学结论 [M]. 王东亮，译，北京：生活·读书·新知三联书店，2002：9.

对知觉者与知觉对象之间交织关系的认识，这样不仅丧失了事物的真实性，也丢掉了知觉内容的丰富性。如杨大春所言："他的现象学还原就是要排除在理智主义那里的'意识过剩'和经验主义那里的'意识匮乏'。"①

那么，梅洛–庞蒂所说的知觉与知觉世界究竟是一种怎样的存在关系呢？梅洛–庞蒂在《知觉的首要地位及其哲学结论》中这样总结："知觉综合应该由这样的人来完成，他既能在物体中确定出某些透视方面——这是目前唯一已知的方面，又能同时超越这些已知的方面。承担某一视点的主体，是作为知觉与实践场的我的身体，是有某种所及范围的我的动作，它将所有我熟悉的物体划入我的领域。"②知觉不是一种简单、单向的物理刺激行为或是理念所经验的综合，而是一种经由身体指向事物的整体性的意向活动；知觉经验是克服片面孤立存在，注重双向整体协调，通过身体经验与生活世界、我的身体经验与他人身体经验的可逆性和含混性来获得存在的明证性的主体间性关系；知觉的主体与被知觉的世界是超越了主客二元对立，以含混的诗意之姿将人与世界的物性与灵性变为统一的整体结构，进而实现心物的交融。梅洛–庞蒂对知觉的强调，不仅仅因为知觉是心物关系交融得以实现的形式，更在于它通过知觉让我们与世界保持原初的存在，保持对世界的惊讶姿态，超越理

---

① 杨大春.杨大春讲梅洛–庞蒂［M］.北京：北京大学出版社，2005：99.

② 梅洛–庞蒂.知觉的首要地位及其哲学结论［M］.王东亮，译，北京：生活·读书·新知三联书店，2002：12.

性意识对世界的操纵，让世界得以复魅。

2. 身体—主体的暧昧性：身体意向性与知觉经验

在梅洛－庞蒂看来，知觉的首要性在于它的原初性，作为知觉的世界，既不是客观自在的纯粹物质世界，也不是主观自为的精神世界，它是我们在世的原初体验，是人的意识参与认识的过程之前的世界，"重返事物本身，就是重返认识始终在谈论的在认识之前的这个世界"①，因而，人只有在世界中才能认识自己。

对世界的知觉经验是以身体作为主体而实现的。我们知道，梅洛－庞蒂将胡塞尔通过现象学还原得到的先验意识主体改造为身体—主体，身体—主体以知觉的方式经验世界，那么身体与作为被知觉对象的世界是一种相互蕴含的关系，不能脱离知觉世界来谈论身体，也不能剥离身体来看待知觉世界。两者是紧紧联系在一起的一种原始存在关系。一方面，世界向我的身体敞开，通过我的身体来表达世界的丰富性与在场性；另一方面，我的身体默会于世界，我的身体以一种不同于意识的构造方式来使知觉世界在特殊的图式化结构中得以呈现，"内部世界和外部世界是不可分离的。世界就在里面，我就在我的外面"②。梅洛－庞蒂用逻辑而又不乏感性诗意的语言为我们呈现出身体与世界交融这一独特的心物关系结构。

那么究竟什么是身体？在笛卡尔所开启的意识哲学中，作为我

---

① 梅洛－庞蒂.知觉现象学［M］.姜志辉，译，北京：商务印书馆，2001：3.
② 梅洛－庞蒂.知觉现象学［M］.姜志辉，译，北京：商务印书馆，2001：511.

思的主体"人的心灵或精神"与身体是相分离存在的，身体被看成是具有外在广延性的对象世界的组成部分，在知觉活动中充当信息的接收器。这里的身体，不是客观事物意义上的身体，也不是主观意识，而是现象学意义上的"现象身体"，是一种可逆性的存在，即身体与世界之间互为主体、互为对象。胡塞尔通过身体接触世界的特性，在现象学意义上将身体分为能知的身体和客体的身体，身体能够被其他身体感触到，因而具有能知性；它同时又是一个物质客体，具有客观实在性，"它是一个物体，质料，具有广延性。身体有它自身的特性：肤色，平滑，固性，温度，以及任何其他物体所具有的性质"①。梅洛-庞蒂从多个维度说明身体的存在，如时间性、空间性、我性等，但他总是在身体与知觉世界的关系中强调身体的功能和作用，强调身体与世界的原初关系，只有身体与知觉世界交融与共在，知觉世界才可以被称为"现象世界"，梅洛-庞蒂这样表述身体与世界的感性关系："身体本身在世界中，就像心脏在机体中：身体不断地使可见的景象保持活力，内在地赋予它生命和供给它养料，与之一起形成一个系统。"②这段话非常形象地道出了身体与世界之间的关系，身心、心物关系在外在上是一个有机、完整的系统，世界的意义在这个系统中涌现。到了后期，梅洛-庞蒂又提出了"肉"的概念来取代身体—主体以显现作为世界之肉

---

① Husserl. Ideas Pertaining to a Pure Phenomenology and to a Phenomenological Philosophy [M] .Second Book, Translated by Richard Rojcewicz and André Schuwer, Kluwer Academic Publishers, 1989, p.153.

② 梅洛-庞蒂 . 知觉现象学 [M] . 姜志辉，译，北京：商务印书馆，2001：261.

的蛮荒存在，这部分内容将在本书第三章中具体阐述。那么，取代意识意向性的身体如何参与构造知觉的世界呢？

梅洛－庞蒂在批判了经验主义和理智主义的知觉观念基础上指出身体的存在既不是纯粹的自我和意识，也不是生理存在，而是具有暧昧性特征的第三类存在，因此身体不再是一般的客观对象，他经由知觉活动产生身体意向性。身体意向性有别于意识意向性，它是一种非逻辑的结构，梅洛－庞蒂用幻肢的医学病理来说明这种全面的身体意向性结构，身体的运动与知觉功能是最初的意向性，这种意向性不是"我思"而是"我能"。"具有一种意向性的功能，它能够在自己的周围筹划出一定的生存空间或环境。"① 身体与世界的这种筹划活动，并不是胡塞尔意义上的意向性的构造过程。胡塞尔的意向性活动是经由意向主体、意向行为、意向对象的单向性过程，这个过程仍然具有很强的主体性残余，即仍是在主客二分的形而上学思维下进行的认识活动，先验地割裂了人与世界的关系。梅洛－庞蒂则认为人与世界关系的暧昧性就在于人与世界不是对立的两极而是不可分裂的共在，人与世界关系的本质就在于这种暧昧性。因此，身体意向性就在于心物的交融和身心的合一，在于物性与灵性的统一。

总之，身体意向性比意识意向性更加原始和基础地表达了意向性的基本存在形式，身体意向性的结构为我们展现了梅洛－庞蒂心物关系结构的独特呈现形式。在梅洛－庞蒂看来，"身体意向性代

---

① 朱立元.西方美学思想史［M］.上海：上海人民出版社，2009：1367.

表的是一种全面意向性，它是由意识活动的主体（身体）、意向活动（运动机能和投射活动的展开）和意向对象（被知觉世界：客体和自然世界，他人和文化世界）构成的一个系统"①。可以这样说，梅洛–庞蒂关于身体与世界的心物关系的多重维度和表现形式——身与心、心与物、我与他人、我与世界等等，都在暧昧的身体意向性结构中显现和表达。

3. 我与世界的主体间性：亲临世界的诞生

从现象学的角度来看，对于世界现象的分析就是对于我们与世界关系的探讨。在《知觉现象学》中，梅洛–庞蒂这样描述我与他人以及世界的知觉关系："现象学的世界不属于纯粹的存在，而是通过我的体验的相互作用，通过我的体验和他人的体验的相互作用，通过体验对体验的相互作用显现的意义，因此，主体性和主体间性是不可分离的，他们通过我过去的体验在我现在的体验中的再现，他人的体验在我的体验中的再现形成它们的统一性。"② 梅洛–庞蒂用身体的意向性建立起了一个知觉世界的系统，在这个系统中人与世界退回到原初的存在关系，人与世界的关系不再是主客二元对立，人在世的姿态由俯瞰众生变为扎根大地，用身体的经验去亲临逻各斯诞生的那一刻。

19 世纪以来，科学的迅猛发展，人以高扬的主体性精神与技

---

① 杨大春. 感性的诗学：梅洛–庞蒂与法国哲学主流［M］. 北京：人民出版社，2005：207.

② 梅洛–庞蒂. 知觉现象学［M］. 姜志辉，译，北京：商务印书馆，2001：17.

术理性操控自然世界的同时也让主体与主体、主体与世界的关系极度异化。哲学的危机不仅体现在传统形而上学问题的悬而未决，还体现在科学经验对哲学非思领地的侵袭。诗意的世界不再，人们遗忘了世界的原初存在，也遗忘了自我的身体。

笛卡尔的心物二元论，将物质世界机械化，他根据数学方法与几何原则，将实物定性为简单的广延性的存在，他试图用科学的理想来安排世界，因此世界上的事物是纯粹性的物自体，这就使人与世界的本源性关系被遮蔽。而胡塞尔则认为，人们认识世界的方式分为两种，一种是自然的，一种是哲学的。自然的态度中，自我以感官的方式经验周围世界，世界"在其存在的固定秩序中，它伸向无限"[①]，因此世界在时间和空间上是客观实在性的无限延展。哲学的态度其实就是现象学的态度，自然世界中经验的自我被改造成先验的自我，世界被搁置和加括号，因此外在世界乃是先验意识所构造的世界。

梅洛－庞蒂批判了笛卡尔的理性世界观，创造性运用了胡塞尔后期关于"生活世界"的理想，主张回到感性的世界存在。从早期关注身体与知觉世界的关系，到中期关注知觉经验对文化世界塑造的影响，再到后期关于"世界之肉"的构建，梅洛－庞蒂完成了世界重返野性的现象场的知觉之旅。总的来看，梅洛－庞蒂的"世界"大致分为以下几种形态：传统的客观世界，这是建立在批判经验论和理智论基础上的一般世界概念；与人的身体共在的知觉世

---

① 胡塞尔.纯粹现象学通论［M］.李幼蒸，译，北京：商务印书馆，1996：90.

界，是身体之肉与世界之肉的感性存在系统；前认识模式的、存在论的、主体间性的深度世界。

总之，梅洛－庞蒂所表达的世界，"是意味着在科学的数量和测度遮蔽后面、尚未被驯化的野性自然，蛮荒自然。而为了回到存在论所关心的野性存在、蛮荒存在，必须对理智主义、科学客观主义进行更深入的清理"①，而身体得以在知觉性的整体存在中亲临世界的诞生，世界之肉的开绽让感性的、原初的世界具有得以统一的可能。

那么，梅洛－庞蒂又是如何筹划我与世界具体关系的呈现的呢？这里面具体分为若干阶段。早期梅洛－庞蒂将世界定义为知觉主体与被知觉对象的原始关系的涌现，后期他提出"肉"的概念，将身体、语言、他人、文化世界全部囊括在内。身体知觉经验现象世界的意向性过程，在上文中已经论述，在这个阶段梅洛－庞蒂要强调的就是我的身体向着世界开放，世界的意义由我的身体所赋予，我在场于世界、属于世界，世界存在于我，我与他人互相经验和存在在本质上是统一的，"'属于世界'意味着与世界性质相同，受相同规律的制约，受制于来自世界的各种决定性因素"，"我通过自己身体的位置拥有各种物体的位置，或者相反，通过物体的位置拥有自己身体的位置……是一种相互真实蕴涵的关系，是物质固

---

① 杨大春.感性的诗学：梅洛－庞蒂与法国哲学主流［M］.北京：人民出版社，2005：
379－380.

有且实际扎根世界的关系"①。因此，身体现象学的还原就是返回到我与世界"共谋"关系的现象场，返回到我与世界存在的亲缘性和原初性。

梅洛－庞蒂在晚年著作《可见的与不可见的》中提出"肉身"的概念，以身体与世界的肉身的共在来构筑他的"肉身哲学"。梅洛－庞蒂说："可感的肉质和它的不可定义性正是'内'和'外'在可感的中的融合，正是自我与自我的厚实接触——'可感的'之绝对存在，就是这种持续的爆发，也就是说包含着回返。"②身体和世界是相互包裹、相互拥抱、相互贴近的，而接触的基质就是肉身，看者与可见者之间就是通过这种肉的交织和交错实现经验的体验。梅洛－庞蒂用左手接触右手的例子来说明这样一种存在：左手去触摸右手，左手不仅是触摸的主体，同时也是被触摸的对象；右手在被触摸的一刹那也从触摸的主体变成了被触摸的对象。"通过这触，'正在触的主体'就转入被触行列……以至于触本身是在世界中和事物中形成的。"③这种接触与被接触（或者说知觉与被知觉）的关系，梅洛－庞蒂称之为"可逆性"。可逆性是可感与能感的统一，可见与不可见的统一。看者（作为知觉的身体—主体）通过目光来接触世界，触者同时也是被接触者，知觉主体同时也是被知觉的对象，世界居于身体之中，这种知觉与被知觉、能感与可

---

① 史忠义.西方感知现象学与中国感物说［J］.深圳大学学报，2007（6）：9.
② 梅洛－庞蒂.可见的与不可见的［M］.罗国祥，译，北京：商务印书馆，2008：343.
③ 梅洛－庞蒂.可见的与不可见的［M］.罗国祥，译，北京：商务印书馆，2008：165.

感的相互转换，就是"肉身"的呈现，"'肉身'的实质就是可见的之被看，可感的之被感，可触的之被触的可逆性"①。

在梅洛－庞蒂看来，身体与世界的贴合就像两片嘴唇的吻合一样，可见的与不可见的身体和事物相互缠绕，使世界有了纵深的向度，也有了共同存在的基础，"身体之肉"和"世界之肉"都是一种最普遍存在的共同元素，因此，身体与世界、可见与不可见的关系，就在这种可逆性的相互存在中被构造。"所谓世界开放，就是'肉'的开裂"②，就是说世界能够被人们知觉，不仅在于身体的意向性的结构关系，还在于肉身的柔性与可塑性，让我们可以在感性的肉中体验世界的意义。"世界不是我所思的东西，我向世界开放，我不容置疑地与世界建立联系，但我不拥有世界，世界是取之不尽的。"③ 肉将我与他人、我与世界的关系纳入到更基础的关系之中，充满感性和丰富性的肉摆脱了笛卡尔式的由数学量化构建的物，摆脱了胡塞尔式的排除了世界之后所剩余的纯粹的先验意识，身体亲临世界并与之交织可逆、相互缠绕，世界恢复了他原初的神秘性。

4. 文学与艺术：让不可见的可见

身体之肉与世界之肉所要告诉我们的，是我与世界、我与他人身体的交织，而能够表达这种交织的，维持人与世界原初关系的，就是文学和艺术。文学与艺术能够让可见与不可见交织，让不可见

① 燕燕. 梅洛–庞蒂具身性现象学研究［M］. 北京：社会科学文献出版社，2016：184.
② 鹫田清一. 梅洛–庞蒂：可逆性［M］. 刘绩生，译，石家庄：河北教育出版社，2001：225.
③ 梅洛–庞蒂. 知觉现象学［M］. 姜志辉，译，北京：商务印书馆，2001：13.

的变成可见。科学思维与技术理性让世界的原始野性丧失，梅洛－庞蒂用文学艺术召唤野性的精神，引领着世界的复魅。纵观梅洛－庞蒂一生的学术历程，关于文学艺术的表达问题基本贯穿了他一生，在这里，我们仅以绘画艺术的表达为例来说明。

梅洛－庞蒂早在《知觉的首要地位及其哲学结论》中确定了知觉的首要性地位，书中就已经涉及了知觉与文化世界的关系：只有知觉到某种人类行为，文化世界的知觉才能够被证明。就像布雷耶评价梅洛－庞蒂的观点"更适于用小说、绘画来表达，而不是用哲学"[①]，对于身体知觉世界的最佳表达方式或许只有文学艺术的方式更加契合。在其后期的著作《眼与心》和《塞尚的疑惑》中，梅洛－庞蒂描述了这种超越科学经验，返回前认识世界中主客、心物交融的世界。梅洛－庞蒂重点讨论了绘画这种艺术形式，绘画是画家与世界打交道的方式，绘画是知觉形式的升华，绘画实现了画家的身体与世界、眼与心的相互交织和可逆。《塞尚的绘画》告诉我们的是知觉的统一性和世界的统一性，画家只有放弃作为一个俯瞰的观察者，进入到世界，与世界之肉贴合，画家才能真正与世界交融。"画家'提供他的身体'。而在事实上，人们也不明白一个心灵何以能够绘画。正是通过把他的身体借给世界，画家才把世界转变成了画。为了理解这些质变，必须找回活动的、实际的身体，它不

---

① 梅洛－庞蒂.知觉的首要地位及其哲学结论［M］.王东亮，译，北京：生活·读书·新知三联书店，2002：43-44.

是一隅空间，一束功能，它乃是视觉与运动的交织。"[①]

绘画过程中体现的这种交织，是眼与心、身与心、心与物的统一。艺术活动并不是简单机械地描摹物性的世界，也不是将世界的思想意义剥夺，画家与世界的关系既不超然物外，也不被动接纳。正是在这种自然与自我的交融中，世界的神秘性得以恢复。在《眼与心》中，梅洛-庞蒂明确对现代科学提出批评："科学操纵事物，并且拒绝栖息其中。"[②] 现代科学其实是一种自话自说，而且顺着一个脱离了与世界的共在，忘记了自己与世界的联系，而且还使人们遗忘了自己与存在的原初关系，在此基础上，梅洛-庞蒂试图说明绘画这一更具个性化的"沉默的言语"，能够戳穿科学的谎言，带我们重新回到我们与世界的那种非透明的、原初的联系之中，领悟世界的神秘色彩。

总而言之，梅洛-庞蒂用绘画艺术的呈现方式为我们从美学的角度说明知觉主体与世界的共在关系。与世界之肉的概念一样，画家对世界的介入同样是以交织可逆的"在之中"存在的方式，这是一种具象而非抽象、感性而非知性的方式，在眼与心、心与物的交融中，看不见的世界得以复见，神秘的世界向我的身体逐渐敞开。

---

① 梅洛-庞蒂.眼与心［M］.杨大春，译，北京：商务印书馆，2007：35.
② 梅洛-庞蒂.眼与心［M］.杨大春，译，北京：商务印书馆，2007：30.

第三节　范畴结构组合的基本特征

当我们运用平行研究方法进行中西比较文学研究的实践时，两个毫不相干的对象主体就在研究者的视野中相会了。当我们把某个问题限定到一定范围内，也就是说对平行研究中的具体研究对象提出一个特定的标准和准则的时候，不仅要关注二者在统一标准下各自的特征，也要辩证分析二者的可比性因素。心物关系结构就是我们对中西比较诗学两个具体研究对象的统一的标准与展开对话的平台。

然而，中国古典诗学与西方现代诗学，在范畴概念的历史形成、意义的内涵和外延、言说与表述的具体方式、结构的具体关系等方面差异较大，"中西古今之间在这个对话的平台上，需要在作为人的基本共同性、文学艺术的历史类同性、诗学话语的历史继承性以及现代交流的互通基础诸方面达成某种程度上的协调，以之作为在这个话语平台开展对话的基础"[1]。因此，对于比较诗学的具体阐释，要在既定的标准和平台下，各自梳理范畴结构的具体特征，然后建立得以展开具体对比的逻辑分析。对于中国传统文论诗学，一方面要从整体的观念、术语概念、修辞策略、意涵指向等展开界定和探讨；另一方面要用科学的文艺学理论思维方法清理传统

---

① 陈跃红. 同异之间——陈跃红教授讲比较诗学方法论［M］. 北京：中央编译出版社，2014：163.

文论中模糊性、朦胧性、歧义性的内容。对于西方文论诗学，不仅仅要在现代诗学发展的历史背景中理清概念范畴的来龙去脉，理清它与不同流派思想、同一思想流派中的不同思想倾向之间的相互联系和变异，还要超越具体的历史语境，在与中国传统诗学比较的过程中，找到范畴比较的合法性和有效性的语言、符号、内涵的内在机制。

研究中国传统诗学的范畴体系，就要先理清传统文论范畴之特点和理论形态。范畴首先是思维的基本形式，受传统文化朴素的天人合一思想的影响，物感诗学的范畴结构在传统思维方式的影响下，形成了自己独特的理论形态。与刘勰建立在文艺创作论基础上的诗学文论体系相比，梅洛–庞蒂的知觉现象学诗学是建立在哲学现象学基本框架之内的艺术哲学的具体形式。梅洛–庞蒂的心物关系论是对笛卡尔以降传统认识论的反驳，是对传统形而上学的超越和批判，心物关系的范畴结构是在认识论、本体论、存在论哲学基础上探讨的。就特定的心物关系范畴结构的组合来看，其主要特征有以下三层维度。

一、范畴组合的具体内涵特征

刘勰的心物关系范畴以"心"范畴的多形态性，"物"范畴的综合性及心物关系的能产性、衍生性为主要特征。在《文心雕龙》中，刘勰把"心"范畴作为元范畴来构建诗学体系，心不仅是文艺心理学意义上的创作主体，文艺美学意义上的审美主体，而且还是认识论哲学意义上的认知主体，刘勰赋予了"心"最普遍的意义和功能。同时，心范畴也呈现出多种表现形态，如"情以物兴"之"情"，"感物吟志"之"志"，"神思之谓"的"神"。"情""志""神""声"等统摄于"心"，是心在不同理论维度、不同话语情境、不同感物方式下的不同形态。"物"范畴与心范畴相对偶而存在，如从物衍生为"感物""体物""附物""物色"等。"物"范畴在《文心雕龙》中体现出较大的综合性，这种综合性是在对"物"这一古老的元范畴总结的基础上拓展了其内涵的具体指向，不再局限于单一的"事"，既囊括了具有审美意蕴的自然风物，又有广阔的社会舞台、人生遭际，不仅是具象化的景物，还是虚性的事物。范畴的综合性体现在对文艺生产与审美体验的具体作用之中，汪涌豪指出，这种范畴的综合性乃是源自范畴历史"意义连锁的总体格局"，"具有涵括经验事实的能力"[1]。因此，心物的关系可以在不同的情境的综合排列中，衍生出具体、平行的关系结构，充分显示出心物关系范畴结构的能产性，"中国古代文论范畴具有较广的内容涵盖面和阐释界域，因此衍生性极强，一个核心范畴往往可以派生出一系列子范畴……便出现了一系列概念范畴家族，即由一个核心范畴统摄众多范畴、概念、命题的范畴群"[2]，这种由元范畴衍生开来，进而以少揽多、以一总多的现象也体现出中国传统哲学思维方式的特性。

---

① 汪涌豪. 中国文学批评范畴及体系［M］. 上海：复旦大学出版社，2007：118.
② 党圣元. 中国古代文论的范畴和体系［J］. 文艺评论，1997（1）：20.

与刘勰的诗学范畴的模糊性、暗义性、融通性和衍生性形成鲜明对比的是，西方现代诗学体系中范畴概念的明晰性和层次性。梅洛－庞蒂心物关系范畴概念共时性结构中的明晰性与历时性发展中的层次性形成了内在的统一。所谓范畴概念的明晰性，是西方诗学有别于中国传统诗学模糊性的一大鲜明特色，明晰性不仅是概念范畴内涵、术语界定得清楚，还在于内部结构关系、外部学术史关系的条分缕清。梅洛－庞蒂的知觉现象学，建立在辩证地对胡塞尔先验现象学的继承和扬弃，对传统经验主义、理智主义的批判，同时受格式塔心理学、儿童心理学、病理学的影响，梅洛－庞蒂在此基础上提出了知觉现象学。在现象学框架内，梅洛－庞蒂按照胡塞尔的意向性原理建构心物关系结构。无论是早期的知觉的、审美的主体——身体—主体，还是知觉对象——世界、他人等，还是中期关于身体意义的表达问题，或是晚年身体之肉与世界之肉的交织，梅洛－庞蒂的心物关系结构系统内无论是各个要素自身的动态发展变化，还是身体意向性的逻辑关系都具有层次性。中西诗学范畴的差异性，根本原因是思维方式的差异，与中国传统直觉感悟、整体综合的思维相反，西方的思维传统则是理性分析、逻辑推演，这是对世界认识方式的差异。尽管梅洛－庞蒂的哲学一直标榜模糊、暧昧和含混，但这是构建知觉、身体、肉身理论体系的方法和手段，是其总体的风格特色，但他内在的运思方式和范畴结构的整体特征仍然是明晰性和层次性的。

二、范畴组合的结构关系特征

刘勰的"心""物"范畴具有组合的直接性、美学的意蕴性、意象的虚涵性以及心物关系结构的直觉与审美的辩证统一的特征。党圣元指出，"传统文论范畴艺术审美活动的理论思维在思辨分析和阐释的方法上力求使思维主体逼近、渗入思维对象，并且运用与思维对象相适应的审美——艺术思维方式来审视、领悟、体验对象，从而使这种理论观照的结果本身亦具有一定的美感意蕴"[①]。传统诗学根源于天人合一、主客一体的生存模式，心物的范畴建立在人对外在事物直观的经验和自然主义的审美体验之上，因此，心物范畴的生成是一种简单而直接的组合。这也是直觉感悟思维这一传统思维方式的体现。《文心雕龙》最显著的特色就是美学的意蕴，对"物"是审美性的直观，因而，刘勰笔下的物象饱含情感意识与生命意识，让整个心物关系渗透着独特的审美观感。所谓意象虚涵性是指心物概念的虚性特点，即一种建立在经验基础上的抽象总结，它的呈现根本原因是缺乏对世界的科学理性认识，从而产生了一种以意象观感来表达概念的方法，例如"神与物游""神用象通"，"神"是对"心"概念的升华，但比"心"更虚化；"游"来自"感"，是对感的升级，"游"不再是简单的生理刺激，也不再是简单的对物的体验，而是对二者的超越，是一种物我两忘、主客冥合的生命状态。心物范畴的组合直接性、美学意蕴性与意象虚涵

---

① 党圣元.中国古代文论的范畴和体系［J］.文艺评论，1997（1）：20.

性归根结底来自自然直观的审美直觉感悟，因而心物关系的结构就在直觉与审美中体现出一种模糊的、超越主客对立的辩证性。这集中体现在《物色》篇，心物交融的审美过程中，心物互为主体、互为对象、互相渗透，因此心物关系结构是一种主体间性的辩证关系模式。

范畴概念内涵的抽象性与结构关系的有机性的结合是梅洛–庞蒂范畴组合的结构关系特征。与刘勰诗学范畴的具象性、虚涵性，以及范畴结构的审美性、直觉性相比，梅洛–庞蒂诗学的相关概念虽然也有感性、神秘的色彩，但他的范畴仍然是以抽象性为主要特征，这种抽象性体现在以下几个方面，心物概念是现象学意义上的概念，即经过了"悬搁""还原"之后的概念，居于主体地位的"身体"，不是中国传统诗学中包含生命意志的"情""神""声""韵"等的载体的生命个体，也不是被传统西方哲学所贬斥的与心灵、精神、思维相对立的客观存在物，而是一个现象的身体，一种既是主体，又是客体的可逆性的循环，它以含混、暧昧、不透明的方式存在，它在可见与不可见、经验与超验、意义与无意义之间循环往复，让人与世界交织可逆。

由此可见，梅洛–庞蒂的范畴概念的外在展现形式虽然是感性的，但范畴的呈现结果却是思维高度抽象的结果。所谓范畴概念的有机性，是指梅洛–庞蒂概念范畴结构的构成形式和相互关系的风格特征，有机性不是指中国传统诗学和谐、整体的特征，而是西方诗学中的有机整体观，"有机整体的观念是指构成整体的各部分不是机械的、孤立的杂凑或组合，而是相互之间按照必然律或可然律的原则紧密地结合在一起，如一个自然的活的整一体，"[1] 梅洛－庞蒂综合了艺术之思与哲学之思，综合了诗学之感悟与科学之真理，将心理学、病理学、各种风格倾向的现象学、语言学、艺术学等诸多学科有机地融合在一起，使他的诗学既有哲学的思辨理性和科学的秩序感，又有艺术的感性色彩。

三、范畴组合的整体逻辑特征

心物范畴的模糊性、融通性及心物关系范畴结构的超形式逻辑性是刘勰范畴组合的整体逻辑特征。刘勰的心物关系的范畴系统，并不是一开始就按照某种既定的体系去构建的，其关于心物关系的话语言说比较分散地见于《文心雕龙》的相关章节。从本质上来说，其范畴的多形态性、虚涵性，也说明了范畴意义指向的模糊性。由于直觉感悟的形式思维的影响，古人对于范畴的思维总结并不具有整全的抽象性，后代人对范畴进行阐释时也常用具体的意象来说明，例如二十四诗品，就是用各种各样的自然景观来表达不同的美学风格，正是由于这种直观的感悟，使得概念具有了某种含混性，"指明了它不好严格的推理和抽象，而欣赏整体思维和直观把握，追求某种非逻辑非纯思的真理和领悟的事实"[2]。正是由于这种模糊性，就使相关元范畴下的子范畴之间的界限被打破，子范畴

---

① 范方俊 . 中西比较诗学的语言阐释［M］. 北京：人民出版社，2013：78.
② 汪涌豪 . 中国文学批评范畴及体系［M］. 上海：复旦大学出版社，2007：89.

之间的意义有了更多的交集，子范畴之间也因此具有了相互蕴含、相互补充、相互融通的特点。如《物色》篇中的"感物"与"体物"，"感物"侧重于直观性、意向性的接触，而"体物"则有了某种视野下的观看，有了一定的"审美距离"，但无论"感物"还是"体物"都统一于心物关系的整体结构下。再如"神"与"情"的关系，"情""神"都是"心"的子范畴，从文心雕龙的体例来看，"情"处于创作的初始阶段，"神"是创作构思的高潮阶段，二者有先后的秩序。但是在"情"彰显和萌发的阶段仍有"神思"的飞扬，在"神"游的阶段，也有"情"的注入，神与情相辅相成、相互融通。正是由于范畴的模糊性和含混性，造成了这样的事实：心物关系结构，不是完全的认识论意义上的简单的单项或双向的来往，它是一种超越形式逻辑的认知方式，以感性、直观的方式以具象化的意象、抽象化的范畴、经验化的语言传达超验的审美体验，主体不再是整全意义上的主体，客体也不是心外实在的实体，这种状况模糊了主客体存在，使心物结构关系的呈现达到了前主客关系中的主体间性。

形式风格的含混逻辑性与范畴概念指向的哲学超越性的综合是梅洛–庞蒂范畴结构的内在逻辑。与笛卡尔主义追求清楚、分明的哲学风格相比，梅洛–庞蒂处处追求含混、复杂、交织与模糊。这种含混非常容易引起人的误解，也曾遭受到不少学者的批评。但从梅洛–庞蒂的哲学旅程来看，他所谓的含混，并非理论的混乱繁杂，而是追求一种内在关系的辩证性和逻辑性；并非对纯粹理智和思维形式的完全摒弃，而是现象学追求"重回事情本身"的姿态；不是为了哲学上的永恒体系思想的确立，而是人与世界、心灵与外物、主体与客体、存在与思维之间活生生共在的存在状态。含混姿态有别于科学理性的思维，后者以形式逻辑与数学推理，把人的内在性强加给自然，使得自然的物性与灵性丧失。含混不仅仅是梅洛－庞蒂心物范畴结构的形式和风格，而且超越了一般的本体论和认识论的关系，实现了生存论的转向。

因此，含混逻辑性就是指梅洛－庞蒂知觉现象学的框架的某种显性与隐性内在统一的风格，其哲学、诗学的形式仍是西方哲学"逻各斯主义"的脉络，但其风格与指向是超出传统二元对立哲学思维模式的。这一点与中国传统诗学的重体验、轻推理的风格与直觉感悟的思维方式有某种形式上、方法上的相似性与可通约处。如果说早期的梅洛－庞蒂还是在存在论现象学体系内考察身体意向性的含混意义，那他在晚年提出"世界之肉"这一概念强调可见的与不可见的、身体之肉与世界之肉的交织时，我们才会更加理解梅洛－庞蒂的"含混逻辑性"与"哲学超越性"，"肉"既不是实体也不是精神，而是"处在时空个体和观念的中途"①。这种表现形式和方法类似于中国传统的"执中"与"折衷"思维。由此可见，西方诗学和哲学并不是简单地去定义为"主客二分"或者"逻辑推理"，中西诗学在思维方法上是有类似性的个别对象的。当然，某种程度

---

① 梅洛－庞蒂．可见者与不可见者．转引自杨大春．感性的诗学：梅洛－庞蒂与法国哲学主流［M］．北京：人民出版社，2006：230．

上梅洛－庞蒂的理论乃是现代与后现代哲学消解与解构主体性的精神之旅，在诗学理论层面还需要具体清理和分析。

再回到"含混逻辑性"与"哲学超越性"上来，正是由于梅洛－庞蒂在思维方式、表达风格以及理论建构上所表现的"含混的逻辑性"，才有了其对传统主体性哲学、逻各斯中心主义、形而上学的解构；正是其身体与世界拥有共同存在的元素基质"肉身"，自然世界才能在原初的存在性关系中实现野性的复魅。"蛮荒的存在""野性的世界"，这些神秘莫测的概念引领我们重回失落千年的诗性理想国。这正是梅洛－庞蒂由"非思"性哲学进入形而上学而又超越哲学形而上学的具体路径。

通过上述分析，我们对梅洛－庞蒂诗学心物范畴结构的特性作了一个大致总结。不难看出，梅洛－庞蒂在范畴的特征表现、思维的具体方法、理论构建的路径方面与刘勰诗学心物范畴结构方面有差异也有可通约的可能，那么面对异质诗学得以展开诗学比较的操作程序，则要从思维结构、体系结构、话语结构中具体地展开。

第三章　刘勰与梅洛－庞蒂诗学中的心物关系论之思维结构

在研究作为主体与客体关系层面的心物关系时，我们总是通过研究作为主体的人的思维方式来把握主客体关系的本质。在"一体四翼"的心物关系比较框架下，我们有必要梳理和界定清楚思维、思维方式、思维结构等概念及其关系。

按照马克思主义辩证唯物论的观点，思维是物质进化到一定阶段具有复杂结构和功能的人脑的机能和产物，是指对于世界的能动的、创造性的反映。所谓思维方式，就是人的思维形式和思维方法，它是一般性与个别性、普遍性与特殊性、规律性与无序性的统一，人们按照一定的思维方式来确定自己的存在，揭示人类把握外部世界的方法、规范和标准，实现对外在事物的能动性认识。思维方式"是主体在思维过程中，在一定的概念、知识和方法基础上形成的思考、评判对象世界的方式或样式。它是在主体反映客体和对客体作出反应的思维过程中，定型化了的思维形式、思维方法和思维程序的总和"①。思维方式是主体把握自身与外在世界的高层次的认知方式，是在实践的基础上形成的由思维诸要素相互作用组合而形成的，具有相对稳定的思维范式。那么，什么是思维结构呢？一般来说，狭义的思维结构是指认识论意义上的思维模式，包括逻辑模式、经验模式、创新模式，等等。广义的思维结构外延更为丰富，是指思维世界的构成系统，"是指主体把握客体、主体和客体相互作用中的思维定势、格局、模式，是思维诸要素相对固定的联结方式、组合方式，因而是主体在认识特定客体之前的先在'框架'"②。

从思维结构的整体框架入手分析刘勰与梅洛－庞蒂诗学心物关系，是深入认识和比较研究其诗学思想差异性与类同性的必由之路，也是探索中西诗学入思方式的起点。在这一章中，我们将从刘勰与梅洛－庞蒂诗学思维机制产生的文化传统与历史语境出发，寻找二者诗学心物结构关系对话与汇通的深层原因。

第一节　思维结构的本质内容及基本特点

在绪论中，我们论述了"一体四翼"的比较框架，那么在这个框架下的思维结构内涵又有怎样的表现呢？"一体四翼"的思维结

---

① 马林. 思维科学知识读本［M］. 北京：中共中央党校出版社，2009：188.
② 夏甄陶. 思维世界导论：关于思维的认识论考察［M］. 北京：中国人民大学出版社，1992：205.

构，综合了一般性的广义和狭义的思维结构定义，但同时融入思维形式、思维模型等概念维度的内涵，使得本文语境下，思维结构可以被认为是思维方式、思维过程、思维模式、思维方法的结构化、立体化和综合化的有机结合，但并非各个维度内涵中各要素的简单相加。因此，我们这样给思维结构下一个定义：所谓思维结构，是作为主体性结构的思维方式的具体呈现形态，包括思维的内容结构、认识模式类型、思维世界的系统要素以及思维的程序框架、具体方法，是一种认知性、功能性、实践性和稳定性的思维聚合体。

思维结构是一个复合型的整体系统，是内在结构和外在结构的统一：内在结构以内容、程序、方法为主，外在结构以特征、要素、模式为主。思维结构的本质内容，是指中西思维差异中最核心、最本源的规定。对于中西思维的差异，无论是中国学者还是西方的汉学家，在这方面的论述已经非常丰富。那么，回到比较诗学研究的视域中来，毋庸置疑，中西思维的差异性是一种先验性的存在，但就比较诗学的具体研究对象来说，我们不能把这种普遍存在的思维差异性当作诗学比较文本的差异性而直接套用，应当回到具体的研究对象所在的具体境遇中。王南湜将思维方式划分为"本源性"和"实用性"两类。"所谓的本源性思维方式，是指一种文化之象征性地把握世界的基本或核心构架；而所谓的实用性思维方式，则是指基于这种基本或核心构架而敷设的象征性地把握现实生活的具体方式。我们可以把思维方式这两个层面的关系视为约略相当于康德哲学中理性理念与知性范畴之间的关系。在康德哲学中，知性范畴对于认识而言是构成性的，而理性理念则只是范导性或调节性的"①，本源性的思维方式是根植于民族文化心理中稳定的思维结构体系，它具有很强的抗变能力；实用性思维方式具有可变性，思维主体会根据具体的外在的变化调试自我的思维构成，呈现出新的思维方式。内在本源性与外在实用性的划分方法，对我们认识比较诗学中的思维结构具体境遇的差异性有着重要的借鉴意义。

我们借助"本源性与实用性"这样内在与外在、不变与可变、普遍与特殊的对立统一的框架来观照二者的思维方式，可以避免预先设想二者对比结果所带来的认识偏差的可能。按照现象学终止判断的方法和描述性的特征，我们并不给二者的"同"和"异"过早地下结论，而是在辩证统一的描述中把握这对矛盾，或许可以给我们带来更接近事实真相的认识。

先来看中国传统诗学的刘勰的思维结构的本源性与实用性的具体情况。从根本上来看，刘勰的物感诗学以及其《文心雕龙》的体系，是建立在"象思维"这一本源性的思维方式之上的。王树人在研究中西文化的基础上，总结出中国哲学与文化的根本差异在于"象思维"与"概念思维"："象思维作为中国传统思维的基本特征，乃是区别于概念思维或逻辑思维的一种思维，或者称之为非概念

①王南湜.中西思维方式的差异及其意蕴析论［J］.天津社会科学，2011（5）：49.

思维。"①"象思维"本是人类共同的最原始、最原创、最本真的思维，由于中国文化的早熟特性，在《周易》中"观物取象""象以尽意"的象思维模式得以建立和完善，深深影响着中国文化，中国传统哲学、美学都建立在"象思维"的基础上。"象思维"以富有诗意的联想为特色，在整体性、动态性与非对象性中把握世界，追求天人合一、主客一体的思维方式。刘勰的物感诗学之本源性思维结构正是以这种"象思维"的方式层面展开的，刘勰之"心"把握"物"的方式，就是以象取物。《文心雕龙》首篇《原道》就总体上介绍了这种"象思维"的思维结构方式："文之为德也大矣，与天地并生者，何哉？夫玄黄色杂，方圆体分；日月叠璧，以垂丽天之象；山川焕绮，以铺理地之形。此盖道之文也。"受《周易》启示，天文、地理和人文作为"道之文"的标准都在于"象"，而日月是天的"象"。刘勰又说："人文之元，肇自太极，幽赞神明，易象惟先。"易象是由《周易》"八卦"之象演化而来，刘勰认为，易象乃是人文的代表，是文心的代表，"易象一方面是天地万物之象的摹写，一方面表现了人对客观事物变化规律的认识与概括。"②总之，刘勰心物关系的本源性思维结构就是根植于《周易》易象基础上的"象思维"。

就具体情况来看，在本源性思维之下，刘勰展开"象思维"的具体方式，也就是实用性思维主要有以下两种：主客合一的意象思

---

① 王树人. 中国象思维与西方概念思维之比较 [J]. 学术研究, 2004（10）：5.
② 张晶. 美学的延展 [M]. 北京：商务印书馆, 2006：230.

维和直觉取物的具象思维。这两种方式的共同点是都包含诗意蕴藉的情感指向。

刘勰的"象思维"的具体运用首先表现在主客合一的意象思维中。与一般的"象思维"相比，意象思维具有审美的改造功能。刘勰有"神用象通"之说，就是指游荡的心与外在的物的联系和结合，然后达到一种"登山则情满于山，观海则意溢于海"的审美状态，即"神思"。因此意象既是思维的方式，又是思维的结果。《神思》篇中云："窥意象而运斤"。这个意象就是渗入了心的观照，在《物色》篇中，刘勰详细描述了意象发生、提炼的形成过程。首先，意象来自"物色之动"即"物感"，人之心与外物的触发，而产生了鲜明而活跃的意象。"岁有其物，物有其容"，所谓"容"也就是"象"，是还未进入到心所意向的普通之象。心在"流连万象之际"之间，产生了虽然模糊但却鲜活的生命意象，在这个过程中心与物是交融在一起的，是主体与对象的合一。如何将这些意象进行艺术的加工和处理呢？刘勰说："是以四序纷回，而入兴贵闲；物色虽繁，而析辞尚简；使味飘飘而轻举，情晔晔而更新。"精巧的语言、适当的审美距离，才能使意象的结果拥有情感力量的灌注。这就是刘勰意象思维的具体体现。

所谓直觉取物的具象思维，是指"象思维"的另一层面的思维方式。这种思维方式，"既不同于感性的知觉表象，又不同于理性的抽象概念，它是通过具体形象表现抽象意义的意象思维"[1]。首

---

① 蒙培元 . 论中国传统思维方式的基本特征［J］. 哲学研究，1988（7）：57.

先，直觉是介于抽象思维与形象思维之间的思维方式，直觉思维是对认识对象的一种整体性、综合性和感性的把握，是一种灵性与知性的结合。用直觉的方式去观察物又会有怎样的效果呢？在"随物宛转""与心徘徊"的过程中，刘勰对具体的"物"采用了具象的呈现方式，也就是说，心之于物并不是认识论层面的对象性、实体性的认识模式，而是用直觉感悟的方法去把握被具象化的非实体之物，从而得到艺术化、审美化的物的形态。在《物色》中，这种方法比比皆是，诸如"春秋代序，阴阳惨舒"，又如"物色相召，人谁获安"，物的变化，不仅带来心的变化，也说明了人心对物把握的不确定性，这种不确定性有时难以用语言来形容，因此只有用超越形式逻辑的具象化的直觉思维方式才能获得。刘勰指出"是以陶钧文思，贵在虚静"。静观的方式，就是保持内心的清净澄澈，排除经验的感受与主体的意识，在无我中获得对外物的把握，这方面与庄子"心斋""坐忘"极为相似，可见道家思想对刘勰诗学思想影响的痕迹。由此，直觉的思维方式，具有整体性、直接性，是对各种对象性认识的超越，它不用概念分析和推理的方法，而是以灵感的突现、情感的勃发为特征。

19世纪末以来，西方人引以为傲的理性主义、主体性哲学发生异化，人丧失了自我的存在，不断被科学和理性物化，尼采、柏格森、胡塞尔、海德格尔、萨特、福柯、德里达等包括梅洛-庞蒂在内的西方现代哲学家对形而上学与理性的对象性的本体论、认识论哲学进行了深刻的批判，但作为从轴心时代开启的实体性哲学乃是其最高的理念。所谓实体性，就是对象性和实在性，通过定义、判断、推理、分析、演绎的一套完整的逻辑思维方法，以达到精确的真理与实在的认识。因而，作为与中国传统"象思维"所不同的西方思维方式是"概念思维"。这种概念的思维，深深烙印在梅洛－庞蒂的现象学哲学框架下，同时也反映在知觉诗学的构建上。梅洛－庞蒂的知觉诗学之旅，是从格式塔心理学起步的，在对心理学、病理学的科学理性的分析基础上，梅洛－庞蒂确立了"身体—主体"这一知觉的主体，消解了胡塞尔的"先验自我"，在客观外物层面，梅洛－庞蒂则发展了胡塞尔的"生活世界"理论，将世界看作是与自我具有共同基质元素的东西，这种对象性的抽象分析、归纳总结，仍然是概念性思维的窠臼。除此之外，梅洛－庞蒂对现代物理学、生物学、生命科学十分关注，他在晚年的《自然的概念》一书中就表现出对胚胎科学的极大兴趣，可见梅洛－庞蒂从思维深处，仍然是科学理性的，他的具体的思维方法诸如含混、暧昧、肉身等，只不过是他"回到事情本身"的方法路径罢了。

从他的诗学实践出发，其实用性思维层面我们可以确定有以下两个具体的实用性思维方式：超越科学理性的动象思维和模糊意向结构的退回思维。

首先要回到梅洛－庞蒂对"知觉"的定义方式上，他认为知觉是意识的原初样式，人与世界的关系不是认识与认识的意向性关系，而是通过我们身体的知觉经验与世界打交道。一方面，梅洛－庞蒂改造了胡塞尔现象学中还原的结果——先验意识，用

"身体—主体"取代了意识主体，也就是说，他不再关注纯粹的意识、超然的意识、占据认识主导性的意识，而是要超越作为第一哲学的意识和作为科学理性的经验、分析和判断，回到意识和思维的原始状态，用身体的经验去参与感性世界，人与世界的存在方式被模糊，人能够亲临世界意义的诞生。因此，在实用性思维方面，梅洛–庞蒂从富有心理学色彩的，包含动作性的动象思维方式——知觉出发，主张用"非思"的方法来体验感性的世界，进而实现身体经验内在性与超越性的统一。

动象思维也可称为动作思维，是思维主体在运动的状态与过程，是以既有的身体结构和思维结构为依据，在感觉和知觉等的参与下实现的思维形式。梅洛–庞蒂的知觉观从某种意义上说，是一种动象思维，他强调知觉的境遇性：把知觉与整个生命活动联系在一起的动态过程，将身体粘附在世界的运动中。但是这种动象思维，一不是经验主义所说的身体各种器官的感觉的总和，二不是理智主义所说的知性，既不是由科学所界定的身体的机械作用，也不是超然物外的人的绝对理性意识的统筹，而是将身体与世界看成一个整体，身体的知觉经验参与到这样一个整体的结构之中，进而使得我们重返现象场，获得外在事物实在的经验。知觉的经验让我们重新回到事物意义降临的那一刻，这个时刻，人与世界是共在的。因此，知觉的经验不仅具有整体性、动态性和原初性，还具有超越科学理性精神的存在观念。在梅洛–庞蒂一生的哲学旅行中，他以博大的胸怀和罕有的谦逊来对待哲学以外的其他学科，对待科学的经验主义和理性主义，梅洛－庞蒂并不是一味地反对和拒斥，而是通过现象学的还原和统筹，将他们还原到原始的基础状态。"知觉经验是人与世界之间的最基础的关系，科学和知识则是知觉经验的扩展和升华"①。不管是何种形态的科学，知觉的经验要求我们最终回到生活世界之中，回到知觉主体与世界的原初性关系上来。后期他提出了"肉"的概念，要求冲破科学技术与古典形而上学的双重束缚，回到人与自然"交织"、人与人对话共鸣、人与世界身心交融的状态。晚年，梅洛－庞蒂借助文学艺术之眼，让可见与不可见交错，把自己的身体借给世界，让世界注入自我之眼中。认识的主体与对象之间，不再是对象性的单向存在，而是"可逆"的双向知觉关系。梅洛－庞蒂用"退回"与"非思"的方式，让人与世界回到感性的原初存在。

　　通过分析刘勰与梅洛－庞蒂二者本源性与实用性的思维结构关系，我们基本上梳理清楚了二者思维结构的本质内容和一般特征：刘勰心物关系诗学的思维结构，以"象思维"为本，具体采用主客合一的意象思维和直觉取物的具象思维，具有情感性的蕴藉、整体性的观照和辩证性的综合等基本特征。与刘勰相比，梅洛－庞蒂是以西方传统的"概念思维"为框架而进行的对传统形而上学的批判，他综合运用超越科学理性的动象思维和模糊认识的意向结构的退回思维方式来强调知觉经验的首要性，试图破除传统二元对立的

---

① 杨大春.感性的诗学——梅洛－庞蒂与法国哲学主流［M］.北京：人民出版社，2005：113.

思维模式，这在某种层面上，与中国传统诗学中心物交融、主客合一的自然主义思维方式殊途同归。梅洛－庞蒂"含混"的思维方法也和中国传统诗学重感悟、重直觉的模糊性的思维方法相类似。可见，在整体的思维结构上，刘勰与梅洛－庞蒂诗学思想有诸多可以汇通的方面。

第二节　思维结构的系统要素及模式类型

思维结构是一个复杂的系统，其中占主导性地位的构成要素有传统文化观念、认知能力、知识结构、思维惯性等方面，这些要素共同构成了一个相互联系、相互影响的动态系统结构。思维模型指思维结构的基本类型，是在思维结构的诸系统要素作用下生成的最为一般、普遍和稳定的认识单位，是"主体与客体在相互作用中首先形成主体的动作结构，然后这些动作结构内化为头脑中的思维图式"①，是思维形式、思维内容和思维方式的统一。因此，系统要素的构成决定了思维结构模式的类型和品质，而思维模式则反映了系统要素的相互关系。

探索和考察思维结构的构成要素，需要我们深入到文化心理结构中去。思维结构是文化心理结构的深层沉淀，思维结构中的思维方式"是渗透于智力结构、意志结构和审美结构之中并联系这三者

---

① 马林. 思维科学知识读本［M］. 北京：中共中央党校出版社，2009：161.

的统摄因素，是文化心理深层结构中的'硬核'"①。任何民族的物质文化、精神文化、制度文化都是各自民族共同体在长期实践过程中形成的，在这个过程中，深层的文化心理结构以"集体无意识"的存在形式贮存在民族的情感、意志、风俗、传统、习惯中。刘勰与梅洛–庞蒂诗学思想的入思方式，就深深根植在各自的文化心理结构之中。诚如恩格斯所言："我们时代的理论思维，都是一种历史的产物，它在不同的时代具有完全不同的形式，同时具有完全不同的内容。"②对于中西方文化中的两个特定研究对象的思维结构，它们都是处在各自时代的文化心理产物，都是在特定时代和文化背景下所具有的相对稳定的内容。

首先，以哲学思想为根基的传统观念是诗学思维结构的决定因素。传统哲学观念的形成对于诗学思想体系的形成有着深远的影响，它是本源性思维结构的思想因子，直接决定着诗学的入思方式。

"天人合一"的哲学观和宇宙观贯穿整个中国传统文化，与此相对的"逻各斯中心主义"观念贯穿西方古典时代和近代哲学思想和文化的发展，这是中西诗学本源性差异的根本原因。"天人合一"同时也是中国古典诗学的哲学基础。在中国传统文化中，"天人合一"的观念源远流长，这与中国传统的小农经济生产方式有

---

① 荣开明.现代思维方式探略［M］.武汉：华中理工大学出版社，1989：8.
② 中共中央马克思恩格斯列宁斯大林著作编译局.马克思恩格斯选集：第四卷［M］.北京：人民出版社，1995：284.

关。农耕文明时代，古人直接同自然打交道，春耕夏作、秋收冬藏的生产节奏使古人周而复始地处于自然界的运行轨道之中。人对自然的依赖，对风调雨顺的期盼，对神秘的自然力量的敏感，逐渐形成了中国古人和自然相互依存的生存状态，即"天人合一"的生存状态。在先秦典籍中就有了以人为中心的"天人合一"的命题。董仲舒首次提出"以类合之，天人一也"（《春秋繁露》）的命题，同时论及四季变化对人心绪的影响，刘勰的物感理论与董仲舒的"天人合一"观念一脉相承。"天人合一"的思想说明了人与宇宙万物共生共在的生存关系。从整个思想史的发展来看，"天人合一"不仅包括了儒家伦理道德意义上的"以天合人"，注重人与自然的和谐亲善；还包括了道家超越自然的"以人合天"，道家强调人与自然的物化为一，通过心物交融实现万化冥合的境界。魏晋南北朝时期正处于人精神的觉醒时代，儒、释、道三家相互融合、相互补充，因此刘勰的诗学理论不仅有着朴素的自然主义特征，追求人与人、人与世界的和谐关系，追求消泯主客体界限的致思方式，同时还综合了儒、释、道三家的思维方式，儒家天道与人道结合的天人合一，道家的心斋坐忘、神与物游，佛家的直觉顿悟，玄学的名理思辨都在其思维结构中有所显现。

与刘勰以"天人合一"为哲学起点的诗学思维结构不同，一方面，梅洛-庞蒂诗学思想的思维模式根植于"逻各斯"式的西方传统的二元对立思想中，这注定了梅洛-庞蒂的诗学思想具有深刻的形而上学烙印。西方哲学自古希腊开始，经历了古典宇宙本体论、近代认识论、现代语言论、后现代生存论与解构论的数次重大转向，但基本都置身于柏拉图－亚里士多德所开启的形而上学哲学传统。另一方面，梅洛－庞蒂在现象学的具体研究中对近代主体性哲学的身心二元论、主客二元论、形而上学思维论进行消解，试图建立一种模糊的含混哲学以重回人与世界原初的、感性的存在。梅洛－庞蒂身处哲学的语言论转向和现象学运动的高峰时期。早期，他从批判笛卡尔的"唯我论"出发，继承和改造了胡塞尔先验意向性理论，建立起以"身体—主体"为核心的知觉现象学。我们知道，现象学哲学的基本精神之一就是彻底破除西方哲学传统中主客分离和对立，实现心物的统一。总而言之，尽管梅洛－庞蒂晚期坚持破除主体与客体的对立和破除身心对立的二元论思维模式，试图重返自然主义的哲学传统，回到古希腊时代人与自然的混沌关系，但他的思维路径仍然是在形而上学的框架之内进行的。

其次，以认知水平为依据的知识能力是诗学思维结构的基本要素。知识是人类认识成果的结晶，是在改造自然与社会的实践活动中逐渐积累起来的认知系统。在漫长的人类历史上，人类知识数量的增长、知识形态和知识结构的改变伴随着一次次社会的变革获得了巨大的飞跃。人类的思维方式与思维结构随着知识的发展而不断变化，当知识积累到一定程度时，人类的思维方式与思维结构便在不同程度上被调整、进化乃至实现跨越式变革。

刘勰所处的魏晋南北朝时期是中国历史上最为混乱与动荡的时期，同时也是民族融合、各种思想文化激荡以及个体意识充分觉醒的时代。封建社会发展到魏晋时代，无论是社会制度还是思想文化，都在不断走向成熟。作为一个文论思想家兼学者的刘勰，其所利用的思想资源远远超过了先前的任何一个单一时代。首先，封建社会的生产关系进一步巩固，门阀制度下的大地主豪强集团与中央王朝的矛盾日益尖锐。为了给门阀士族的统治提供理论依据，探讨天地万物存在依据的玄学兴起，玄学家们将《论语》《老子》《周易》并称"三玄"，综合儒道两家的思想资源，不仅复活了老庄思想，还以此补充了儒家的纲常名教。此外，玄学玄虚雅致的士人之风，也影响着这一时代人的思维方式。其次，儒学式微，佛、道思想兴盛，儒、释、道三教相互竞争、相互补充而又相互影响。这种社会思潮也使得这一时期的学术思想具有一种"杂"的风格特征。魏晋南北朝时期，文、笔还未完全分离，因此"《文心》所反映的，是杂文学的观念"[①]。从知识内容的更新速度和知识结构的调整力度来看，魏晋南北朝时期"大综合"的学术思想特点，为刘勰的《文心雕龙》兼采儒、道、佛三家思想，建立起一个体大思精、斑驳杂览的诗学思想体系提供了丰富的知识内容。这种"杂"的观念，和梅洛－庞蒂包容的学术心态与"含混"的哲学风格极为相似，这使二人在诗学思想的建构上，更具整体性、综合性和连贯性。

梅洛－庞蒂在世时间不长，主要活动于 20 世纪上半叶的法国。20 世纪的前 50 年同样是一个风云变幻、日新月异的时代，我们无法穷尽表述这个时代知识爆炸性的生产状况。为了表达方便，也

---

① 罗宗强.魏晋南北朝文学思想史［M］.北京：中华书局，1996：257.

为了让我们更多了解梅洛-庞蒂所处的法国文化传统，这里介绍梅洛-庞蒂知觉现象学思想产生的知识背景。笛卡尔开启了近代意识哲学、主体性哲学、理性主义哲学，"法国后来的各种哲学要么'推进'、'完善'并'完成'这种哲学，要么'改造'、'批判'并'颠覆'这种哲学"[①]，近现代以来，法国的哲学传统包含了两条主线，即笛卡尔主义与反笛卡尔主义并驾齐驱。在梅洛-庞蒂早期的学术生涯中，对他影响深远的是理性主义的布伦茨威格和反理性主义、反笛卡尔主义的伯格森，前者是一种反思的哲学，后者是一种直觉哲学，二者都涉及了"知觉"问题，这为梅洛-庞蒂建立知觉现象学提供了理论来源。除了法国本土的哲学传统以外，德国哲学对法国哲学的影响同样深远。梅洛-庞蒂接受了德国格式塔心理学和舍勒、黑格尔、海德格尔、胡塞尔的哲学思想，尤其是格式塔心理学奠定了其知觉理论基础，这些在其早期的《行为的结构》和《知觉现象学》等著作中均有体现。此外，他继承和改造了胡塞尔先验自我的意向性理论和生活世界理论，晚年创造性地提出"在世界中存在""世界之肉""可逆性"等理论，无不受到德国现象学——存在主义哲学的影响。毋庸置疑，胡塞尔对梅洛-庞蒂的影响最大，梅洛-庞蒂是一个胸怀宽广的现象学哲学家，他的哲学思想受现象学、存在主义、理性主义、反理性主义等法德哲学主流思潮影响，同时兼及心理学、生理学、医学，构筑起其广阔的思想

[①] 杨大春.感性的诗学——梅洛-庞蒂与法国哲学主流 [M].北京：人民出版社，2005：19.

大厦，正是这种博采众家、为我所用的实用主义态度，使梅洛－庞蒂在破解传统形而上学思想上站得更高、走得更远。

最后，以思维习惯为表征的思维惯性是诗学思维结构的具体表现。思维惯性又称为思维定势、思维传统，它以思维习惯为主导，是在心理结构、社会风俗、科学水平等因素的相互影响下形成的。在思维结构的要素中，它以显性和表征的方式呈现，是区分不同民族文化结构下形成的不同思维结构的重要因素。

蒙培元指出传统思维是"经验综合型的主体意向性思维"："就经验综合性特征而言，它和西方的所谓理性分析思维是对立的，它倾向于对感性经验作抽象的整体把握，而不是对经验事实作具体的概念分析；它重视对感性经验的直接超越，却又同经验保持着直接联系，即缺乏必要的中间环节和中介；它主张在主客体的统一中把握整体系统及其动态平衡，却忽视了主客体的对立以及概念系统的逻辑化和形式化，因而缺乏概念的确定性和明晰性。"① 中国传统天人合一的宇宙观，是天道与人道的结合，是人与自然的结合，这种思维的整体性决定了中国传统诗学是以思维主体意向性为出发点，注重体验与感悟的思维方法，使传统思维习惯有着经验综合的特性。刘勰正是在心对外物的体验和感悟的具体经验中构建心物论，其主体与外物之间没有先验的屏障，完全是没有隔阂的主客合一，这正与传统经验综合的思维习惯相一致。其次，中国传统的思维习惯是知、情、意的合一，情感因素的参与直接造成传统思维强

---

① 蒙培元 . 论中国传统思维方式的基本特征［J］. 哲学研究，1988（7）：54.

烈的感情色彩。《文心雕龙·序志》篇中"剖情析采"即道出了他的文术论；刘勰注重外物自然与情感的相互作用，他在《物色》篇中详细论述了外物自然的变化对心绪的影响，如"人禀七情，应物斯感；感物吟志，莫非自然"。在《情采》篇中，他指出"立文之道"之一的"情文"："情者文之经，辞者理之纬。"论述了"情"与"采"、"情"与"辞"的关系。在刘勰的诗学体系中，情感是主体自我实现和评价的需要，因而情感因素不仅是传统思维结构的重要因素，还是思维习惯的重要特征。

与刘勰诗学所体现的"经验综合"的思维习惯相比较，梅洛-庞蒂诗学思想的形成也具有一种"综合"意识的体现。如果从"思维习惯"层面再来观照这种"综合"，就会发现二者其实存在一定的差异性。刘勰诗学思想中思维习惯的"综合"意识，不但体现在"杂文学"的文化整体观上，而且还体现在具体的心物关系结构中，但这种"综合"意识来自主体意向性的经验综合与感悟综合的结合，这与梅洛-庞蒂对法国、德国哲学传统的吸纳，借鉴和改造，对其他领域知识的吸收相比并不属于同一类思维习惯。也就是说，西方哲学传统中的梅洛-庞蒂的哲学体系建构的"综合"意识，出自对现代科学思想的逻辑分析和理性借鉴。梅洛-庞蒂心物关系诗学中，他对主客体的主体间性关系的探索而形成的"暧昧"的风格、"含混"的方法、退回到前科学时代的理念以及所秉持的人与世界原初关系的主张，都是基于对主客关系二元论的基本认识和理解，基于其哲学体系中心与物、身与心、精神与实在外物、身体—主体与知觉世界的具体实现形式，这种观念和意识总的来说是基于现代科学中"理性认知"的模式而形成的。这与中国哲学传统中的"体验"与"经验"的思维和认知模式有着较大的差异和表现形式。

如果说早期的梅洛-庞蒂在心理学、病理学基础上构建了知觉现象学还有科学理性分析、形而上学的思维习惯，那么到了后期《眼与心》《可见的与不可见的》等著作中，梅洛-庞蒂则迷恋上了非理性的思维方法，他提出"世界之肉"这一充满神秘色彩的概念，他主张人与世界的关系应该回到古希腊时代的"蛮荒世界"，这种退回自然主义的思维方法让他的诗学思想与中国传统的诗学观念中重视人与自然的原初关系有了共通性。从客观表象上来看，似乎刘勰与梅洛-庞蒂都在走相同的路径，但其实不然，在对待自然的态度上二者的分化已经出现。中国传统经验综合的思维习惯的特性，将人和自然看成一个有机整体，认为"天地生物之心为心"。无论是儒家将自然人化还是道家将人自然化，人与自然都不是西方认知模式下的主客对立的形而上学二元论，而是人与自然的有机统一，因此才有了心物统一、形神统一。所以，刘勰诗学系统中的自然，是人化的自然、审美的自然。在《文心雕龙》中，刘勰使用了"道"一词，"道"不仅包括儒家的伦理之道。刘永济在《文心雕龙校释》中说"文心原道，盖出自然""道无不被，大而天地山川，小而禽兽草木，精而人纪物序"①。也就是说，"道"还包含了道家

---

① 刘永济.文心雕龙校释［M］.武汉：武汉大学出版社，2013：1.

的自然之美与审美之道。而梅洛－庞蒂的自然则是现代哲学对形而上学的反叛，是对主体的追寻和对自然的复魅，是恢复被科学理性所遮蔽的自然的神秘性和原始性，是实现海德格尔所说的"天地神人"自由嬉戏的存在状态。由此可见，尽管梅洛－庞蒂假借现代与后现代的非理性思维方式展现了一个含混的心物关系，但他的思维习惯，仍然是在西方传统形而上学思维窠臼中，继承的依旧是笛卡尔主义所建立的科学认识方法。

包含"情感色彩"的"经验综合"的传统思维习惯与二元对立的形而上学传统、以概念分析为特色的科学理性思维习惯是刘勰与梅洛－庞蒂思维结构中思维习惯的最突出表现。通过本章第一节中对刘勰与梅洛－庞蒂思维结构的一般性和特殊性的总结以及本节中对思维结构构成要素的具体分析，我们可以对两者诗学心物关系论中思维结构的模式进行一个总结：刘勰是形象与意象相结合的情感经验的思维模型，具有非直接性、非对象性和非时空性，重直觉感悟和经验综合；梅洛－庞蒂是逻辑分析与理性批判相结合的创新型思维模型，具有抽象性、系统性，注重感性回归和直观经验。二者思维模型差异性下的具体层面也有相似性，如二者重视心物结构的整体性和辩证性，都主张避免主客观的对立，要走向主客界限的消泯。不难看出，梅洛－庞蒂对诗学思维中的形而上学传统路径的消解，正是朝向东方哲学天人合一、物我交融的前主客关系，朝向人类原初经验的回归，在这一点上二人无疑是有着相似性的追求。

第三节　思维结构的具体方法及程序路径

思维方法与过程是构成思维结构的最基本、最本质的内容，是思维方式、思维模型最直观，最具体的呈现，它是包括了次序、步骤、手段和程序等可操作性的动态系统。在本节中我们来考察刘勰与梅洛－庞蒂思维结构的方法路径。

刘勰的物感诗学与梅洛－庞蒂的知觉诗学思想的心物关系维度的入思方式可以归纳为"天人合一"的"神与物游"和超越形而上学的"可逆性"。虽然来自不同文化的入思模式，但两人都主张主体与对象的统一，以实现主体和对象之间主体间性的亲密融合和平等交往。在本章前两节中对思维本质、思维要素和思维模式的具体概括中可以发现，刘勰和梅洛－庞蒂诗学的心物关系结构思维路径都是朝向主客体的合一，都是朝向自然主义本体论的回归，心物关系都是指向心物的统一。心物关系的辩证统一来源于二者对于心物关系结构的整体性把握的实用性思维方式，刘勰与梅洛－庞蒂能够达成统一共识的就是心物的辩证关系，而实现心物辩证统一的方法却各有差别。

所谓辩证的思维方法，是指在思维的过程中，通过一系列对立而又统一的关系来把握处于不断运动中的具有普遍联系的对象的思维方法。辩证的思维来源于人类在长期实践中形成的较高层次的思维形式，是对事物进行一定程度逻辑分析和把握的结果。中国古代有丰富的、朴素的辩证思维方法。阴阳五行学说奠定了辩证思维的基础,《老子》中"有无相生,难以相成,长短相形,高下相倾"发展了相反相成、对立统一的朴素的辩证思维方法。西方也有辩证思维的传统。在古希腊时代以赫拉克利特为代表的哲学家就建立起了辩证哲学,亚里士多德更是创立了完整的形式逻辑理论,近代以来的主体性哲学也是思辨的哲学,黑格尔在《逻辑学》中更是把辩证法贯穿其中,马克思主义哲学对辩证思维作了科学的综合,建立起了基于唯物主义的辩证逻辑体系。可见,辩证思维是贯穿于中西方的一条思维方法主线。

具体到刘勰和梅洛-庞蒂的诗学心物关系结构,这种辩证思维更是显现在其思维结构中。刘勰《物色》中的"心物交融"说、《神思》篇中的"神与物游"说,都体现了这种辩证思维。如"随物宛转"和"与心徘徊",一方面以物为主,心被物的各种呈现形式诱发进而产生情感的变化;另一方面以心为主,物随心而动,随着主体意识的变化而被染上主观情感色彩,心与物是互为主体、互为对象、相互渗透、对立统一的。因此,刘勰的心物关系结构根源于中国古典美学的"天人合一"思想,心与物的关系是心物的统一,其过程是由心物感应到心物交融,最后达到心物互答、神物互契、意象相成、声情兼顾的审美理想。

那么如何实现这种审美理想?具体的方法和路径又是怎样的?刘勰给出的方法同样具有层次性。第一是静观,所谓的静观就是如道家庄子所说的"心斋坐忘",又如荀子所说的"虚壹而静"的方法。刘勰说，"是以陶钧文思，贵在虚静，疏瀹五藏，澡雪精神"。刘勰的这段话直接化用于《老子》，指在认识的过程中，心如一面明镜，鉴照天地万物，要保证内心的虚静空明，让自己的身心在与天地万物的通透直观中，排除经验的判断和主观的杂念，达到内心纤尘不染以月印万川的状态，这是心物接触前的情感准备阶段。虚静的状态，同样也影响到整个思维结构的过程，如"秉心养术，无务苦虑，含章司契，不必劳情"。心物关系互动的结果是文章辞采自然而然地流出，只有心保持静观的姿态才能实现。第二是体物，所谓体物就是心在保持虚静的状态下，去体察和领略物色的变化规律，如"吟咏所发，志唯深远，体物为妙，功在密附……然物有恒姿，而思无定检，或率尔造极，或精思愈疏"。外在事物都有它自在的规律，要在体察外物的基础上展开和物的互动，达到"物色尽而情有余"。最后是"神与物游"的实现方法，最直接的就是"情往似赠，兴来如达"，即心物赠答的状态。经过了静观和体物的过程，心体察了物的变化，物与心实现了统一，那么心与物的状态，就是如朋友一般在互相馈赠和答谢中走向审美的主体间性。由此可见，从"静观"到"体物"再到"心物赠答"，这条物感审美的具体实现形式，是心与物之间相辅相成、相互渗透的过程，是心物这对矛盾实现对立统一的过程。

再看梅洛-庞蒂辩证思维的实现路径，这就不得不回到现象学的基本方法。胡塞尔开启的先验现象学整合提出了还原和本质直观等现象学方法，其中悬搁是他现象学还原法的主要实现形式。胡塞尔说："我们有权利把我们还将要讨论的'纯粹'意识称作先验意识和把借以达到此意识的方法称作先验悬置。先验悬置作为一种方法将被区分为'排除'、'加括号'等不同阶段；因此我们的方法将具有一种分阶段还原的特性。"①胡塞尔经过悬搁回到纯粹意识，他将经验与信念以及整个自然世界放在括号中，"终止判断"以显现意识与对象的本质关系。这种悬搁的方法在心物关系层面与中国传统诗学有着类同性。徐复观将现象学思想和道家思想对比指出，"（意识和对象的关系）若广泛点地说，这即是主客地合一；并且认为由此所把握的是物的本质。而庄子在心斋的虚静中所呈现的也正是'心与物冥'的主客合一"②。总之，现象学的悬搁，让人们抛弃主客观的绝对分离，现象学诗学与中国古典诗学的可通约之处就在于用主体与对象统一的方式把握认识的本质。

　　如果说刘勰的静观是在心斋忘我，是在悬搁主体的认识功能的前提下来统筹心物关系的话，梅洛－庞蒂对认识主体的还原和悬搁也较为彻底，他抛弃了胡塞尔的先验自我与纯粹意识，通过对"身体"的现象学的还原来打破身心二元对立以确立世界作为他者的存在，"悬搁"的剩余就是一个活生生的现象身体与在场的世界。与静观相比，梅洛－庞蒂对意识主体的身体还原缺乏一种通透性与明见性，也就是说，尽管梅洛－庞蒂指出知觉的首要性在于它的原

①　胡塞尔.纯粹现象学通论［M］.李幼蒸，译，北京：商务印书馆，1996：101.
②　徐复观.中国艺术精神［M］.北京：商务印书馆，2010：83.

初性，但是身体与世界的关系，依然无法洞见。刘勰的静观是一种真正的身心合一、主客合一，是有着深厚的情感蕴藉与审美的超越性，身心与世界在同一纬度见证了彼此的存在而又亲密地融合，是一种真正的可见与不可见的统一。梅洛－庞蒂后期又提出"世界之肉"的主张，即把"身体—主体"和知觉世界都看成是同质化的"肉"，彼此具有可逆性。例如，他在《可见的与不可见的》一书中写道："我的身体是用与世界（它是被知觉的）同样的肉身做成的，还有，我的身体的肉身也被世界所分享，世界反射我的身体的肉身，世界和我的身体的肉身互相僭越（感觉同时充满了主观性，充满了物质性），它们进入了一种互相对抗又互相融合的关系——这还意味着：我的身体不仅仅是被知觉者中的一个知觉者，而且是一切的测量者，世界的所有维度的零度。"① 梅洛－庞蒂在破除形而上学的困境的道路上不懈地坚持，他将知觉主体和知觉世界都进行了更为彻底的还原，悬搁了知觉意识的能动性和知觉世界的对象性，但最终的肉身的还原走向的是感性自然主义，我与世界的在场性不能证明存在的统一性，因而，梅洛－庞蒂的身体还原不能像静观一样，彻底消除我与世界的距离达到存在的超越性。

梅洛－庞蒂的知觉诗学思想，以认识主体退回到前反思阶段为途径，通过对知觉主体与知觉世界的悬搁，让知觉主体——"身体—主体"在"世界中存在"，完成了对形而上学二元对立论思维

---

① 梅洛－庞蒂. 可见的与不可见的［M］. 罗国祥，译，北京：商务印书馆，2008：317.

模式的解构。杨春时说:"梅洛–庞蒂为了证明人与世界的主体间性关系,让人从意识主体退回到知觉主体,进而又让人与世界都返回到原始的混同之中。"[①] 这种主张有着明显的含混色彩。一方面,他把客观世界还原为在场的"生活世界",把身体—主体退回到前科学的原始意识阶段,使身体—主体和生活世界达到一种同质的、原初的自然色彩;另一方面,他消泯主体和对象的界限,使心物关系超越了主客的二元对立,达到了主体和对象之间的主体间性的"可逆性"存在关系。

---

① 杨春时.走向后实践美学[M].合肥:安徽教育出版社,2008:303.

第四章　刘勰与梅洛－庞蒂诗学中的
心物关系论之体系结构

　　海德格尔曾说："对美学思考有决定意义的是主体与客体的关系，实际是一种感受关系。"[1]审美关系不仅是心物之间的能动的认识关系，精神性的体验关系，还是人与世界的存在关系，这种关系同样是结构性的。心物关系的体系结构是"一体四翼"比较系统的中转站，它既是对范畴结构和思维结构的整体性、系统性整合，是对诗学在美学层面的阐释，同时又是话语结构得以展开的前提条件。因而，我们立足于审美对象的存在方式、审美活动的过程分析以及审美理想的终极指向，考察刘勰和梅洛－庞蒂心物关系的体系结构。

---

①Martin Heidegger. Nietzsohe：The Will to Power as Art（Vol.1）［M］. New York：Harper&Row，1979：78.

第一节　审美对象的存在方式：感性的"世界之肉"与诗性的"物色相召"

梅洛－庞蒂知觉诗学从身体—主体的知觉经验出发经验世界进而实现身体—主体与世界的肉身化存在；刘勰的物感诗学以触物感物为起点，在心与物的交感和互动中达到"情往似赠，兴来如答"的审美高潮境界。那么作为身体"意向性行为"的对象——"意向对象"，与作为"物感""感兴"的施发者的"物"，在整个心物关系的审美结构中是如何存在以及具体的存在形态又是怎样的呢？这就需要我们从审美对象的存在方式出发来考察。

这里我们首先要区分一下对象与客体、审美对象与审美客体之间的关系。一般情况下，"客体"被认为是主体以外的客观事物，是主体认识和实践的对象；"对象"被认为是主体意识所指涉的人或物。对象与客体在某些情况下是可以互换的。在认识论的层面，客体是主体活动所指向的对象，客体是与主体相对应的。客体是严格的认识论的概念，是指认识和实践的那一部分物质世界与精神世界。但是对象的外延更广阔，它不仅指物质与精神，也可以指主体与客体，"对象具有对等、平等、相互的含义在内，对象则能够保持自身的自足性、丰富性"①。例如，我们也可以把与主体相对的对

――――――――――
① 张永清.现象学审美对象论——审美对象从胡塞尔到当代的发展［M］.北京：中国文联出版社，2006：62.

象称为对象主体。因此，我们使用对象这一概念，能更恰当地体现审美关系的主体间性，反映主体与对象主体之间真实性的存在关系。哲学与美学和诗学之间存在着密切的关系，哲学层面对客体与对象的界定和理解，势必会影响美学和诗学。美学概念中的审美对象与审美客体也因为传统的认识论思维模式而导致二者的混用。传统美学认为，审美对象是意识与知觉中的对象，它不能离开作为主体的人的审美感觉而存在。但在现象学美学与中国古典美学的视域中，心与物、意识与本质、审美主体与审美对象之间是一种统一的存在关系。因此，我们界定审美对象的内涵时，不能单纯限定在审美客体的狭窄内涵中，把审美对象确定为纯粹的客观存在，也不能简单规定为主观的心理感受的外化。审美对象不是一种单一性、孤立性的存在，它是一种多层次、多维度的关系性存在。

　　现象学美学和中国古典美学的逻辑起点是审美对象，审美对象的存在方式和存在形态对审美关系的形成起着关键作用，它直接决定着审美关系的实质。张永清指出："现象学以读者的审美经验作为探讨的对象时，是由审美对象入手，中经审美知觉，最后形成审美经验。"[①]中国传统的自然审美，也是以人格化的"外境"的突入——物感为开端，因而探讨诗学体系结构和审美经验的本质，都离不开对审美对象的考察和理解。现象学以"回到事情本身"为宗旨，其意向性分析、悬搁方法、本质直观理论、生活世界理论构

---

① 张永清.现象学审美对象论——审美对象从胡塞尔到当代的发展［M］.北京：中国文联出版社，2006：29-30.

成了现象学美学的基本方法论。张永清指出："如果现象学悬搁中止了审美对象是否实存的判断，意向性理论揭示了审美对象的存在方式，本质直观使审美对象得以如其所是地呈现，那么生活世界则构成了审美对象的意义本源。"[①] 梅洛-庞蒂不赞成胡塞尔对自然世界的悬置，同时批判了胡塞尔先验、纯粹的意向对象理论，因而在对梅洛-庞蒂的审美对象的存在论的分析中，我们更侧重于审美对象的意向性分析和其与生活世界的关系。

在梅洛-庞蒂看来，知觉是人与世界交往与接触的最基本的方式。"人类所有的知识都产生于知觉经验所开启的视野之内，知觉的原初结构渗透于整个反思的和科学的经验的范围，所有人类共在的形式都建立在知觉的基础上"[②]，因而知觉具有首要性。但是，梅洛-庞蒂除了关于绘画艺术的探讨外，并没有构建起自己的美学体系，杜夫海纳在总结了胡塞尔意识意向性、梅洛-庞蒂身体知觉意向性的基础上，系统阐述了现象学美学及其审美经验问题。在其《审美经验现象学》中确定了审美对象和审美知觉的意向性结构：意向行为和意向对象。其中意向行为即审美知觉，意向对象即审美对象。审美对象是审美知觉的对象，审美知觉是纯粹的知觉，那么审美对象则是纯粹的知觉对象。梅洛-庞蒂把胡塞尔"纯粹意识"的意向性转换为了身体的意向性，身体——主体所知觉的这

[①] 张永清. 现象学审美对象论——审美对象从胡塞尔到当代的发展［M］. 北京：中国文联出版社，2006：164.
[②] 朱立元. 西方美学思想史［M］. 上海：上海人民出版社，2009：1366.

个世界不是一个纯粹客观的自在世界，而是人生存其中的"生活世界"："就是重返认识始终在谈论的在认识之前的这个世界，关于世界的一切科学规定都是抽象的、符号的、相互依存的，就像地理学关于我们已经先知道什么是树木、草原或小河的景象的规定。这种活动完全不同于唯心主义的重返意识，……在我能对世界作任何分析之前，世界已经存在。"① 人是在世界中存在的，在梅洛-庞蒂眼中，被身体——主体知觉的、成为审美对象的世界是一个前自然状态下的原初世界。而这个世界与主体是共在的关系，即世界与主体须臾不可分离。"没有内在的人，人在世界上存在，人只有在世界中才能认识自己。当我根据常识的独断论或科学的独断论重返自我时，我找到的不是内在的真理的源头，而是投身于世界的一个主体。"② 在身体的意向性的结构中，作为审美对象的知觉对象——世界的存在得以凸显，它是与身体——主体紧密拥抱的存在。

世界不是意识的对应物，而是身体——主体的反应物，那么作为审美对象的世界在梅洛-庞蒂的知觉场中如何存在呢？或者这种身体意向性的对象的存在有什么特性？梅洛-庞蒂明确指出："对物体和世界来说，重要的是显现为'开放的'，把我们放在其确定的表现之外，始终向我们承诺有'另一个可看的东西'。这就是当人们说物体和世界是神秘的时候表达的意思。事实上，只要我们不局限于物体和世界的客观外观，只要我们把他们放回主体性的环境

---

① 梅洛-庞蒂. 知觉现象学 [M]. 姜志辉，译，北京：商务印书馆，2001：3-4.
② 梅洛-庞蒂. 知觉现象学 [M]. 姜志辉，译，北京：商务印书馆，2001：6.

中，物体和世界就是神秘的。"① 被知觉的对象世界既是客观的又是开放的，它不仅具有"物性"，还具有"我性"。"物性"在于它本源的自在性，因为世界仍然是客观的；而"我性"在于它具有的主体意识，在于它有"我性"的神秘感和敞开性。梅洛－庞蒂晚年提出世界之肉的概念，审美对象不仅被重新唤醒了感性和神秘性，还获得了与主体同格的属性。

知觉意识不是纯粹的自为存在，被知觉的世界是"为我们"的"自在"物。由于审美主体和审美对象的可逆性关系使得"梅洛－庞蒂既反对经验主义把知觉对象当作'自在的对象'，又反对理性主义把它看作是仅仅由我们的心灵所构成的'为我们的对象'"②，梅洛－庞蒂现象美学的审美对象是一个"自在自为的准主体"。首先，审美对象仍然具有一般物的客观性和相对独立性，他的存在和生成并不完全屈从于主体意识行为的改造，因而审美对象是"自在的"。其次，从"身体—主体"和审美对象的交织可逆来看，审美对象和"身体—主体"互为主体暗含了审美对象的主体性，即审美对象是主动的、创造的，具有主体的性质和功能，可以突入进知觉主体之中，因此审美对象是"自为"的，用杜夫海纳的话说，是一个"准主体"。

总之，梅洛－庞蒂的审美对象存在论由"世界之肉"的概念和

---

① 梅洛－庞蒂. 知觉现象学［M］. 姜志辉，译，北京：商务印书馆，2001：421.

② 张云鹏，胡艺珊. 审美对象存在论：杜夫海纳审美对象现象学之现象学阐释［M］. 北京：中国社会科学出版社，2011：46.

审美知觉的意向性内容以及"可逆性"关系为根基，可以推理出审美对象是一个"自在自为的准主体"，他既有自然主义的"感性"和"原初性"，同时也具有审美主义的"智性"和"主体性"。

在中国，"物感"概念由来已久。其萌芽于《周易》《乐记》等先秦典籍。《周易》最早涉及"物感"问题，这种对自然万物的感应以阴阳之"气"为根基。而《乐记》是从儒家伦理角度阐释音乐的王政教化功能。因此，先秦时代的"物感"说并不完整，"物"的概念也相对狭窄单一。到了"文学自觉"的魏晋时代，作为自然万物的"物"才具有了相对独立的地位，获得了独立的审美意义和价值。陆机在《文赋》中重点探讨了自然万物对创作主体的"应感"作用："遵四时以叹逝，瞻万物而思纷；悲落叶于劲秋，喜柔条于芳春。"自然万物成了独立的审美对象。"物感"说的理论内涵在刘勰这里已基本成熟。刘勰在《文心雕龙》中以心物互动、互照、互答的关系为基础构建其美学观。"物"字在《文心雕龙》中出现的频率相当高，但是作为审美对象的"物"在《文心雕龙》不同篇目、不同语境下的意义却不尽相同。

《文心雕龙》中作为审美对象的"物"是一个整体性的概念。其中，《原道》从"道"和"文"的关系即审美本体论的角度说明了"物"的内涵；《明诗》《诠赋》《神思》则从审美形式论的角度说明心物关系的另两种具体的表现形式："情"与"物"、"神"与"物"；《物色》篇则从审美经验论的角度系统探讨了心物的具体关系。

《明诗》有云："人禀七情，应物斯感，感物吟志，莫非自然。"

《物色》中说："物色之动，心亦摇焉。"《神思》篇中说："神与物游。"这里"物"的意义内涵大体一致。黄侃在《文心雕龙札记》中解释"神与物游"时说："此言内心与外境相接也。"[①]刘永济和周振甫也将《神思》《物色》篇的"物"解释为"外境"，即客观实在的自然世界。但"外境"的内涵不仅仅局限于此，还要更加丰富。首先，由传统的"物感"说来看，"物"更多的指自然，其自然又极具审美的情感蕴藉色彩。如《原道》中所言："龙凤以藻绘呈瑞，虎豹以炳蔚凝姿；云霞雕色，有逾画工之妙；草木贲华，无待锦匠之奇。"这些都是"自在"的自然物。其次，"物"的内涵还包括社会环境、时代更迭、诗人阅历等等。如《时序》篇中写道："文变染乎世情，兴废系乎时序"，"时运交移，质文代变"。时代的变化对文学的创作也有着极大的作用。但这里需要说明的是，刘勰的"时序"论是从时代变化对文学风格的影响出发的，并没有把时代世情提升到审美对象的高度，因此其审美对象更多指自然世界。总之，刘勰美学观中的审美对象既是存在的自然，即以审美性为特点的自然万物，同时又是自然的存在，即自在的存在物。作为"物"的这种存在方式使得审美对象有着较强的自足性，这就涉及了审美对象的存在形态问题。

　　中国古典美学与知觉现象学美学的一个本质的共同点在于二者的自然主义主体间性的理论倾向，即心物之间的关系在于互为主体。但从审美对象的存在方式来看，两者的区别显而易见，一个是

[①] 黄侃. 文心雕龙札记［M］. 上海：上海古籍出版社，2000：93.

让自然复魅，回归"蛮荒世界"；一个是自然的审美情感化与审美人格化。刘勰的自然世界与梅洛－庞蒂所主张的生活世界也不同，梅洛－庞蒂由知觉世界而推导出的生活世界，是一种本质在场的世界，它是一种现象的世界；而刘勰的世界，是自然的世界，是人化的自然。另外，与梅洛－庞蒂相比，刘勰的审美对象的存在形态实际上比较模糊。刘勰的审美对象的"物"，是以审美化的自然万物为主体，同时又兼含社会生活的相关层面。但刘勰的"物"是纯粹的自在的客体还是与梅洛－庞蒂所主张的和身体—主体同源性的"准主体"？这里从两个方面来论证。

第一，从"物"的自为性来看。刘勰在《物色》篇中言道："物色相召，人谁获安。"自然万物和色彩的感召，谁能无动于衷呢？四季物色对人的影响各有不同："献岁发春，悦豫之情畅；滔滔孟夏，郁陶之心凝。天高气清，阴沉之志远；霰雪无垠，矜肃之虑深。"《物色》又说："然则屈平所以能洞监《风》、《骚》之情者，抑亦江山之助乎？"所谓"物色相召"，是将作为审美对象的物当作具有自性和我性的主体，实在性的物充满了灵性，他用自己的"色调"来召唤人的情感的迸发和涌现。所谓"江山之助"，亦是把作为审美对象的自然风光作为具有主动性的存在，它可以催生万千诗人潜在的诗心、文心。也就是说，作为审美对象的"物"具有主体性的意识，能够不完全为审美主体所控制，不完全被主体的情感着色，不是主体情感的外化，而是能够自主地向"审美主体"发号施令，施加影响；审美主体在这时会暂时放下自己意向性的控制力，被审美对象的魅力所征服，成为审美对象这一准主体的"准客体"。如杜夫海纳所言："主体在审美对象中表现自己；反过来，审美对象也表现主体。"[①]

第二，从心物的具体关系来看，心与物的影响和互动是双向性的，而且也是非时间性、非空间性的。刘勰从来不是从心物影响的先后顺序来阐述心物的互动关系，而是打破了时空界限。"情以物兴，物以情观"，"情以物迁，辞以情发"，审美主体欣赏审美对象，审美对象影响审美主体，因此在审美经验的具体结构中也证明了审美对象的"准主体性"与审美主体的"准对象性"。总之，从刘勰的作为审美对象的"物"的存在方式来看，和梅洛–庞蒂的"审美对象"相似，都是"自在自为的准主体"，具有审美主体所具有的主体性，能够自为地向审美对象施加影响。

但是，外在结果的相似性最容易掩盖本质的差异性。虽然刘勰与梅洛–庞蒂在审美对象的存在方式方面，走的都是"自在自为的准主体"的路径，但是，两者是有本源性差异的，这就是作为自然主义的本体论的差异：刘勰的古典诗学形态的自然主义倾向，是主体意识和形态还未完全生成，人与世界还处于相对混沌的自然世界之中；梅洛–庞蒂的知觉现象学美学已经完成了主体性的生成和解放，是回溯与退回，是朝着原初性的存在关系的转向。因此，二者虽有相遇的可能，但两种不同时间和空间下的审美对象论是有着本质性差别的。

———
[①] 杜夫海纳. 审美经验现象学［M］. 韩树站，译，北京：文化艺术出版社，1992：232.

第二节　审美活动的过程结构：
身体的在世界中与心物联动

在绪论中，我们谈到要特别注意刘勰与梅洛－庞蒂心物关系结构比较的阶段性，因为梅洛－庞蒂的哲学思想早期和晚期发生过一定变化，即他早年从探讨身体—主体的意向性转变为晚年探讨世界之肉，更倾向于审美化的文学艺术领域的研究。虽然这种变化并不具有断裂性，但是为了比较研究标准的统一和有效，我们将二者的体系结构比较放在审美活动的过程层面。审美过程是指审美经验中审美主体和审美对象间的结构化关系，即心与物互动的呈现过程。在范畴结构中，我们探讨了普遍的诗学心物关系结构，在这一节中我们采取微观的透视角度，在美学层面观照审美经验结构中的心物关系。这样可以使心物关系结构的体系更立体，避免历时性地阐发和比较带来的阐释视角的扁平化。

梅洛－庞蒂的审美活动归根到底是知觉活动，知觉是进入世界的开始。他认为，知觉既不是像经验主义所说的那种纯粹的刺激反应行为，也不是像理智主义者所说的那种纯粹的意识构造行为，他是介于两者之间的一种辩证关系。在知觉活动中，知觉的主体即审美知觉的主体被定义为"身体—主体"。"身体"是梅洛－庞蒂现象学中的核心概念，"身体"不仅仅是接受外在信息的生理系统——"客观身体"，"当活的身体被当成没有内在性的外在性的时候，主体性就成了没有外在性的内在性，一个中立的观察者"①，身体更是活生生的，充满灵性的，身心合一的"现象身体"，它具有意向性的功能，同时它还具有与世界一样共同的元素和基质。后期他提出了"肉身化"的概念。"肉"是介于身体 — 主体和世界之间的带有明显模糊性、暧昧性的第三类存在，"肉既非物质，也非实体，既非精神，也非由精神所构成的观念或在精神面前的表象。它不是任何一种特殊之物，但却是事物得以产生的根源或可能性。"②。"肉"的概念类似于构成世间万物最小最纯粹的物质，但"肉"的存在使得身体 — 主体和世界有了共同存在的基础，这使得审美主体和审美对象具有了本源性，因此主客二元对立的认识论模式解体，人与世界的对象性问题转变为人以身体的知觉方式在世界中存在，身体 — 主体和对象之间双向的知觉存在观念得以建立。

我们可以这样总结梅洛 – 庞蒂心与物的审美关系的过程：总的来说这个动态的过程仍然在意向性这个现象学框架内，即从意向行为到意向对象的经验过程，身体 — 主体与世界在交往的过程中因共同的"肉"的特质与状态而获得一种共在的存在关系。也就是说，知觉主体与对象的关系既不是认识论意义上的能动的我思，也不是胡塞尔悬搁后的意识构造，而是一种我与世界共同在场的遭遇，一种身体 — 主体与世界原初的默会，一种生存论意义上的存

---

① Merleau-Ponty, Phenomenology of Perception ［M］.Translated by Collin Smith，London and New York：Routledge，1962：64-65.

② 张尧均：隐喻的身体［M］.北京：中国美术学院出版社，2006：176.

在关系。对于这种关系的形式，梅洛－庞蒂用"交织"与"可逆性"来表达。

"交错，可逆性，就是说一切知觉都被一种反知觉所重叠（康德的真正对立），是双面的行为，人们不再知道究竟是谁在说，谁在听。说与听的循环性、看与被看的循环性、知觉与被知觉的循环性（是它让我们觉得知觉是在事物之中形成的）——主动性＝被动性。"① 在"肉"的基础上，审美经验的结构自然不是传统认识论基础上的主客的单向关系，而是审美主体和审美对象互为主体互为客体式的双向交流、倾听——交织关系。交织，是指身体主体与世界存在的状态，他是基于"肉"的同质性而实现的，这种实现也是以"可逆性"为基本特征的，也就是说，身体与世界的关系是互为主体、互为对象，两者的存在是主体间性的存在。这种主体间性的存在形态与刘勰所讲的心物的互动过程是一致的，都是一种互为主体、互为对象的存在。但是刘勰更倾向一种非时间、非空间的存在，心与物在刹那间相遇即完成了互为主体和对象的联动过程。

梅洛－庞蒂所讲说的"交织"不仅仅是一种简单的知觉存在的关系，更是一种精神和灵魂的交流。梅洛－庞蒂在《眼与心》中，借助绘画艺术来描述这种审美主体与审美对象之间的可逆关系，绘画者和世界之间的关系是："画家'提供他的身体'……正是通过把他的身体借给世界，画家才把世界转变成了画。"② 这种"把身体

---

① 梅洛－庞蒂.可见的与不可见的［M］.罗国祥，译，北京：商务印书馆，2008：339.
② 梅洛－庞蒂.眼与心［M］.杨大春，译，北京：商务印书馆，2007：35.

借给世界"正是审美知觉活动过程的首要前提，只有实现审美主体和审美对象的"交织"，"身体"和世界才真正意义上开始了交流和表达。"在画家与可见者之间，角色不可避免地相互颠倒。这就是为什么许多画家都说过万物在注视着他们……有几乎难以区分的主动与被动，以至于我们不再知道谁在看，谁被看，谁在画，谁被画。"①正如艺术活动一样，审美主体和审美对象在审美知觉活动的瞬间，实现了彼此身心的交融。

刘勰在《明诗》《诠赋》《物色》《神思》等四篇中不仅论述了心物交感的审美现象，还对心物交感的过程、结构、特点进行了深入的研究。如果说"贵在虚静""澡雪精神"是审美的情感准备阶段，"应物斯感""感物吟志"是审美的发生阶段，那么"随物宛转""与心徘徊"则是审美的具体活动，"神与物游"就是审美活动的高潮阶段。

《物色》篇中有云："诗人感物，联类不穷，流连万象之际，沉吟视听之区；写气图貌，既随物以宛转；属采附声，亦与心而徘徊。"心物互动之前还需要一个步骤，那就是人与外在的自然物象连接起来，这种天人合一背景之下的感应过程，与梅洛−庞蒂让身体在世界中有异曲同工之妙。"联类不穷"要求作为主体的"心"调动视觉、味觉、触觉等感知觉以及想象、联想等各种心理机制，这样才能更充分地进行审美体验与生命体验。

接下来到了审美过程的核心阶段。在《物色》篇中，刘勰主要

---

① 梅洛−庞蒂.眼与心［M］.杨大春，译，北京：商务印书馆，2007：46.

说明自然界对人的主观情感的影响，即审美主体的人之"心"受到具有"准主体性"的审美对象"自然"的激发、引诱、"相召"而发生相应的变化。"春秋代序，阴阳惨舒，物色之动，心亦摇焉"，四季的风景万物，引起了人感情的相应变化，这和《明诗》篇中"应物斯感"，《诠赋》篇中的"情以物迁"的说法相类似。然而，审美主体并不是简单地受审美对象的影响，心不仅"感物"，而且还要主动涉入于物，心与物、自然与情感的关系是双向流动，平等交往。其中，"随物宛转"和"与心徘徊"是平行而互文的，也就是说审美主体和审美对象的关系，既要以"物"为主体，"心"能根据"物"的自身特点而进行审美活动，即"必须注意到不能因主观愿望而改变客观事物的内在规律"①，同时"心"又要进入"物"，体验"物"，与"物"互动，而且"物"又要符合于"心"的审美需求和期待，这就是心物互动过程的准备阶段——心物相会。

黄侃在《文心雕龙札记》中说："以心求境，境足以役心；取境赴心，心难于照境。必令心境相得，见相交融，斯则成连所以移情，庖丁所以满志也。"②黄侃总结了心物关系的最终境界是"心境相得，见相交融"。一方面指出了心物关系"交融"的主要特点；但另一方面，对于"取境赴心"的结果是"心难于照境"，对于心与物的互动过程并没有解释准确。刘永济先生论述物色关系时说："盖神物交融，亦有分别，有物来动情者焉，有情往感物者焉，物

---

① 张少康.刘勰及其文心雕龙研究［M］.北京：北京大学出版社，2010：235.
② 黄侃.文心雕龙札记［M］.上海：上海古籍出版社，2000：93.

来动情者，情随物迁，彼物象之惨舒，即吾心之忧虞也，故曰'随物婉转'；情往感物者，物因情变，以内心之悲乐，为外境之懽戚也，故曰'与心徘徊'。"① 刘永济先生更进一步，不仅抓住了心物交融的实质特征，而且还具体分析了心物互动的具体关系特点。然而他却把心物交融的过程等同于王国维的"有我之境"和"无我之境"，则略有牵强。王元化认为："作家的创作活动就在于把这两方面的矛盾统一起来，以物我对峙为起点，以物我交融为结束。"② 王元化的分析指出了心物交融的实质：审美主体和审美对象的辩证统一的关系。然而审美主体与审美对象的对立统一是否就是刘勰物感诗学的本质呢？这里也还是值得推敲的。首先，我们要回到刘勰魏晋南北朝时期天人合一的宇宙观与哲学观，在前主客关系时代，主体与对象是一种自然地交融而不是对立统一的关系。其次，刘勰在《文心雕龙》中基本上道出了审美过程的精粹所在——"思理为妙，神与物游"。

　　心与物经过了相互之间互为主体的交往之后达到心物同一的默契阶段。审美主体和审美对象经过了心物互动—心物交融—心物同一的过程，心与物互为主体、互为对象、互照互识，最终走向了主体间的审美交往。心物相会的高潮阶段就是心物交融，即"神与物游"阶段。不少学者曾将"神思"与西方诗学的"想象"对举和比较，认为这是中西方在创作构思时的不同方式，其实这种说法在

---

① 刘永济.文心雕龙校释［M］.武汉：武汉大学出版社，2013：143.
② 王元化.文心雕龙讲疏［M］.上海：上海三联书店，2012：97.

很大程度上曲解了神思的意义，也缩小了神思的内涵。《物色》篇中描述了神与物游的高妙境界："山沓水匝，树杂云合。目既往还，心亦吐纳。春日迟迟，秋风飒飒，情往似赠，兴来如答。"人与自然万物是一种亲善亲和的关系，人能与自然一体、与万物一体，故而能够达到神与物游的阶段。所以，"神与物游"是一种审美体验和生命境界，是人与自然的高度感应以及在这种感应下生成的超越性的自由体验。神与物游是一种心与物的共同的"游"，是一种不分彼此、不分主客的自由徜徉和嬉戏。在神与物游中，物我是平等的，我不支配物，物不奴役我，物我之间相互尊重、平等相待，共同创造自由的审美境界。

中国古典的"物感"说是在天人合一的哲学背景下产生的一种独特的美学形态，作为审美对象的"物"的自然具有独特的艺术价值和审美意义，它先于人而在世界中存在，它不是现象学所说的"生活世界"，而是一个艺术化的审美世界，对自然的态度不需要"悬搁"主体的意识，人在自然之中即能体验和领会世界，天地万物与人是一种生生相惜的存在，而不是知觉现象学美学所说的"把身体借给世界"这种心与身的分离性的综合。作为审美主体的人不是像西方近代认识论哲学中把"我思"提升到主体的地位，也不是梅洛-庞蒂退回后的身体知觉，人的作用不是与物构成纯粹的对象性关系，而是因为人之心具有"情""志""言""神"等多重维度的表现形态，因而人之心是一种灵性的自然和澄澈，去烛照自然万物，人与世界的关系因而变得清晰可见。

然而，心物联动的审美活动与身体知觉世界的审美活动终极指向是相同的，都指向一种如海德格尔所说的"在之中"的"依寓"，无论是中国古典诗学还是西方现代知觉现象美学，都主张人与世界的共同在场而不是相互遮蔽，诚如张世英所言："人生在世，首先是同世界万物打交道，对世界万物有所作为，而不是首先进行认识……人在认识世界万物之先，早已与世界万物融合在一起，早已沉浸在他所活动的世界万物之中。"①

第三节　审美理想的终极指归：
深度存在与生命存在

文学艺术的创造是人对世界的特殊掌握方式，是组织生活经验的特殊方式。艺术的审美价值不仅在于对现实生活和世界的体验和顿悟以及追求真与善的审美理想，还在于对存在这一最高哲学范畴的追问。经过对梅洛-庞蒂和刘勰审美对象和审美活动层面的微观透视，我们对二人心物关系体系结构的总体框架有了大致总结。在最后，我们将在存在论的维度，在文学艺术的审美理想层面对二者展开阐释性的对话。

审美理想是审美主体心理结构中的重要组成部分，是一种审美需求。胡经之在《文艺美学》中说审美需求是"人类全面伸张自己本质力量的要求和心理积淀物（在长期的历史实践中形成的），在

---

① 张世英．天人之际：中西哲学的困惑与选择［M］．北京：人民出版社，1995：4.

审美过程中由潜意识转化为自觉意识，与以往审美经验、观念相结合而形成审美理想"①。一方面，它是作为审美主体的人的心理结构中能动的需求，因此具有个体认知性特征；另一方面，在文化层面上，审美理想是一个民族文化传统中的深层文化心理的体现，是该民族共同的关于美的追求标准和境界，因此它具有群体共识性特征。就审美理想层面来看，中西美学的审美理想的异质性应当是最为显而易见的，这倒不是强调说二者的不可通约性，而是侧重于讲中国古典美学极其鲜明的民族特色的审美需求和审美价值。梅洛－庞蒂的身体知觉现象学诗学与刘勰的物感诗学，前者以主客统一于肉身而达到主客一体，后者在心物互动和问答中体验"神与物游"的审美高峰，他们都主张一种原生的存在关系，但二者的具体路径却大相径庭，一个在审美主体与审美对象的关系程度中获得深度存在，一个在由物及心的审美互动中，指向天人合一、物我两忘的生命存在。

在现象学美学层面，所谓的深度存在，其实是人对世界的一种情感性的体察和把握，是人与世界之间的一种亲密关系。通过前两节的论述我们知道，审美对象是一个"自在自为的准主体"，审美主体是一个"自为自在的准客体"，二者在主体间的交往中是可以相互转化，在互为主体与对象的过程中实现自由的审美活动。因此，审美主体的深度是与审美对象的深度相关的，"审美对象所呈现出来的深度，之所以具有广泛的包容性、涵盖性、普遍性，就在

① 胡经之 . 文艺美学［M］. 北京：北京大学出版社，1999：394.

于它是对存在自身的本真领悟"①。美之所以是真理的感性的显现，就在于它是对于人的生存的本真揭示，是一种对此在与世界、在场与离场、去魅与复魅、遮蔽与澄澈、可见与不可见的相互融合，这种融合是一种彼此的共存，而非紧张的对立，他们之间是亲密接触、平等交往的人生境界和审美追求。这种审美理想拒绝平庸与单调的纠葛，抛弃表面的浅度存在，挖掘日常生活中新奇、惊叹的人生场景。

那么这种深度该如何存在呢？深度，原本是一个物理空间概念，梅洛-庞蒂曾说："深度一直是个新的课题，而且它要人们去寻找它，不是'一生中只寻找一次'，而是终生寻找。"②人们终生寻找的当然不是一种可以测量的可见深度，而是一种无穷无尽的不可见的深度。对于审美对象而言，其深度不在于所经历的时间和所占有的空间，审美对象的深度要在对象内部寻找。杜夫海纳说，"审美对象的深度就是它具有的、显示自己为对象同时又作为一个世界的源泉使自身主体化的这种属性"③，也就是他的"准主体"的特性。从内部寻找深度，实际上是强调人与世界的本真关系，强调人与世界的情感联系。梅洛-庞蒂以绘画艺术为例作出了具体说明，它反对笛卡尔式的绘画，反对把绘画艺术为例当作摄影的透视法，在梅洛-庞蒂看来，物的深度需要自我的深度来显现，审美

---

① 张永清.现象学审美对象论——审美对象从胡塞尔到当代的发展［M］.北京：中国文联出版社，2006：201.

② 梅洛-庞蒂.眼与心［M］.刘韵涵，译，北京：中国社会科学出版社，1992：152.

③ 杜夫海纳.审美经验现象学［M］.韩树站，译，北京：文化艺术出版社，1992：454.

主体与审美对象的深度效应的呈现，就在于人与世界的敞开，为彼此的互相参与提供了保证。画家要把自己的身体借给世界，也就是说，深度效应的显现，需要审美主体与审美对象共同的行动，物需要以深度保持自身的包容性，同时自我也需要具备深度，一种能和物交融互动的能力。自我的深度越突出，对物的深度测量越具体，换言之，人对世界存在的体验也就越真实。

梅洛－庞蒂说："存在于一部作品中的不可见成分之中的风格，其全部奇观就回到了这一点上，即由于艺术家工作在被感知事物的人的世界当中，……就好像游泳的人在不知不觉中进入了他透过潜水镜才惊异地发现的一个沉没的世界。"① 深度存在是审美主体与审美对象相互作用的产物，彼此离开任何一方都无法形成深度效应。主体的深度在对象的深度层面上得以显现，主体的深度表现为让身体存在于事物之中，以主体的身体响应对象的召唤和呼喊，主体与对象之间进行肉体上的交织进而获得一种"在之中"的感性存在。因此，深度是存在的维度，在深度效应的存在中，人与世界互相守护、相知相熟。

中国传统诗学强调天人合一，强调物我交融的审美境界，那为什么这种审美理想不是现象学美学所说的"深度存在"呢？这其实是理解刘勰与梅洛－庞蒂心物关系的审美理想的核心问题。梅洛－庞蒂在审美层面的身体表达是一种感性而神秘的表达，在人与世界的关系中，世界走向蛮荒和神秘，他把人性、动物性都纳入到了世

---

① 梅洛－庞蒂.眼与心［M］.刘韵涵，译，北京：中国社会科学出版社，1992：98.

界的野性精神范畴之中，这种从现在退回到远处的过程和距离，足见深度之维，沉默的身体与野性的世界最后走向了类似于海德格尔所说的"天地神人"的统一，这其实是一种非人类中心论的腔调。而刘勰的物感美学的审美指向，恰恰是一种诗化的人格审美维度。中国传统思想文化所强调的，不外乎"外观"与"内观"。外观，即观世界，就是用礼仪宗法、伦理道德以实现匡济天下的人生抱负；内观，即观人心，就是明心见性、直觉洞见以达到逍遥超越、通透醒脱的生命境界。刘勰"物感"美学理论的诗意审美理想从总体上来看，是一个从物境、心境到艺术之境的过程。物境与心境乃是指心物互动的过程，即由天地万物、四季更替，在朝暮更序之际、阴晴雨雪之间的细微变化中，召唤人的心境。"人禀七情，应物斯感"，由自然风物之变化与人的感情不断激荡而产生各种虚实之象。心境与物境的融合，经由艺术的神思过程营造出了一个艺术境界。宗白华说："主观的生命情调与客观的自然景象交融互渗，成就一个鸢飞鱼跃，活泼玲珑，渊然而深的灵境；这灵境就是构成艺术之所以为艺术的'意境'。"[1]

中国传统文化的艺术境界十分多样，如雄浑、冲淡、旷达、豪迈、典雅、清奇等等，这些多姿多彩、韵味悠远的艺术境界，是一种诗性的审美艺术境界，它不是梅洛-庞蒂现象学美学所追求的深度存在，而是一种深深根植于天人合一的宇宙观中的，具有超越时空观念，超越功利道德，超越知识判断，以直观、通达、诗意的方

---

① 宗白华.宗白华全集：第二卷［M］.合肥：安徽教育出版社，1994：358.

式达到的审美境界，因而它不是纵向的深度而是一种自觉的超越，不是一种心物的测度而是一种圆融的自洽。这种审美的境界和诗意的人生境界与生命体验密切相关。

伽达默尔说："生命就是在体验中所表现的东西，这将只是说，生命就是我们所要返归的本源。"① 刘勰的物感美学实际上是一种生命美学，重视生命的直接体验与感知，同时生命的隐喻贯穿于整个文艺美学思想体系之中。他把文艺作品与艺术创作比喻为生命有机体，这在《文心雕龙》中比比皆是。如《体性篇》中的"辞为肌肤，志实骨髓"。《风骨篇》中的"辞之待骨，如体之树骸；情之含风，犹形之包气"。而尤以《附会篇》中最为突出，如"夫才量（童）学文，宜正体制：必以情志为神明，事义为骨髓，辞采为肌肤，宫商为声气"。即把作品的情志、事义、辞采、宫商分别比喻为人的精神、骨髓、肌肤和声气。再如"是以陶钧文思，贵在虚静，疏瀹五藏，澡雪精神"，运思的过程实际上是身体五脏之内的通透和循环。显然，这种身体的比喻不仅仅是一种修辞的运用，更是刘勰把古代人体美学的生命思维观念运用在文学艺术创造与审美领域的表现。在他看来，艺术作品的产生过程与组成方式就像生命有机体一样，要有生生之气息并流通全身，艺术作品才有灵魂，才能激发人的情志，才能具有动人心魄的力量。

如果说梅洛－庞蒂知觉美学的审美理想追求的是人与世界的深度效应的存在，那么刘勰物感美学的审美理想所追求的则是生命亲

---

① 伽达默尔. 真理与方法：上卷［M］. 洪汉鼎，译. 上海：上海译文出版社，2004：86.

证性的存在。刘勰物感美学的审美理想不仅是一种生命与自然的有机统一，还是诗意与人生的有机统一。所谓诗意与人生的统一，就是求真求诚，追求本己之真，强调对于生命与自我的尊重，强调天道与人道的和谐共处的自然态度。这种诗意的存在对于审美艺术与人生意义而言，第一是审美体验在物我两忘中所达到的心灵自由无碍的超越状态，那就是以审美之眼、诗意之眼观世界，达到"一松一竹真朋友，山鸟山花好兄弟"的诗意存在；第二是审美理想所追求的崇实尚真、自然洒脱的处事风格，在诗化的审美生活中实现自我的人格价值。中国儒道互补的传统文化是一种伦理型的文化，他是围绕如何成为一个人、如何做好一个人即人格的问题展开来的。在审美文化中，人之心外观，追求自然风物充分的人格化，内观则追求自我的人格的丰富和完善。有的学者将物感美学的审美理想归结为"人格的欣赏"，"对于他们来说，最高的美就是理想的人格，最高的美感就是对这种人格的体验。所以，他们的审美，实质上就是对自我人格的欣赏"①。诗意与诗性不仅仅是中国传统文化所追求的审美风格，更是古代文人士大夫所追求的一种人格理想。因此，缘心体物的物感理论，不仅是《诗大序》中所说的"在心为志、发言为诗"，也不局限于刘勰认为的"感物吟志"，而是在心物的审美互动中走向一种人格价值与美学价值的统一。

总的来看，在审美理想层面，以梅洛-庞蒂与刘勰为代表的中西现代与古典的审美理想是有着本质意义上的异质性的。现象学美

---

① 成复旺.神与物游——中国传统审美之路［M］.济南：山东人民出版社，2007：88.

学的审美理想是一种科学型的美学体系，它在审美对象、审美主体以及相互关系的体系框架内，追求深度效应，在审美主体与审美对象的交融中实现"在之中"的存在，这种深度存在虽然和"天人合一"的中国传统审美过程类似，都是在主客观的统一中把握事物本质，但梅洛－庞蒂和刘勰诗性的生命存在最大的区别就在于中国传统伦理文化所追求的人格之美。对自然心性与自我人格的欣赏，使得中国传统诗学的审美境界充满了蓬勃的生命意识。

第五章 刘勰与梅洛－庞蒂诗学中的心物关系论之话语结构

"话语是指在一定文化传统和社会历史中形成的思维、言说的基本范畴和基本法则，是一种文化对自身的意义建构方式的基本设定。"① 对话语问题的研究与探讨无疑是今日中西比较诗学的热点问题。中国比较诗学学界曾就中西诗学话语对话问题展开过激烈讨论，并曾达成下述共识：如果在中西诗学对话过程中完全采用西方诗学的建构体系和发展模式并以此来作为衡量和评价中国传统诗学的标准，那么，那些极具中国本土特色和文化独创性的话语理论将会被肆意改造，丧失其原本的内涵和活力。从中西比较诗学的百年发展历程看，由于西方文论话语的大肆侵入、大行其道，导致中国传统诗学中独具特色的话语形态或被无情地冠上"缺乏逻辑""模糊不清""语焉不详"等帽子而被抛弃，或在与西方话语的相遇和

---

① 曹顺庆，李思屈. 重建中国文论话语的基本路径及其方法［J］. 文艺研究，1996（02）：12.

对话中被随意曲解、任意切割，造成中国传统诗学和美学理论丧失了民族文化特征和文化地位，也让中西比较诗学对话场域中的中国诗学缺乏独立自主的文化自觉意识。

20 世纪末以来，随着"失语症""存活论""强制阐释"等理论观点的出现，我们对中西比较诗学的话语对话有了更加深刻的反思。所谓话语对话场域和机制的形成，首先，要有两个独立而平等的声音存在，这两种声音之间是互为主体的主体间性关系。赵小琪在《比较文学的主体间性论》中指出，"在比较文学场域内，主体间性作为主体与主体间的一种关系，它强调和突显了多极主体的平等性、对话性与共在性"，"因而，在中西诗学对话的过程中，既不能以西方诗学为标准，又不能以中国诗学为标准。无论是中国诗学还是西方诗学，必须把它们提高到中西融合的高度进行重构。只有这样，中外诗学的融合才不会是一种单向施动的生成物，而是双向互动同步发生的结果"①。诗学的对话如果只是一种单一向度的阐释，那就只能是一方的"独白"，不可能是一种真正意义上的"对话"。其次，中西诗学的话语比较，不仅是强调类同性和交流性，还要注重异质性和对话性。具体地说，西方现代诗学话语与中国传统诗学话语各自有其独特的话语系统，二者之间可以在相互对话和言说中找到互补性，促进彼此诗学的共同发展；在比较和阐释中找到互证性，发现相互融合的契约点；在不可通约的民族性话语中找到互鉴性，探寻各自民族诗学的独特密码。

---

① 赵小琪.比较文学的主体间性论［J］.安徽大学学报，2010（2）：7-9.

刘勰与梅洛–庞蒂的心物诗学的话语结构的比较分析，是建立在审美超越、自然主义、主体间性三重维度的对话，立足于西方现象学美学与中国传统物感美学独具特色的话语系统中，通过对双方话语特征的结构性分析，在差异、融合、转换的话语对话中进行比较研究的学理分析，在互证、互鉴、互补的过程中，为促进中国传统诗学的现代化转型和中华民族诗学的现代化构建提供可能。

第一节　主客统一的互补："心物应答"与"可逆性"

我们知道，刘勰和梅洛–庞蒂的心物关系诗学均走向消除主体与对象二元对立，走向主体与对象之间交流、对话、融合的心物统一的道路，最终在实现主体间性的道路上相遇。

刘勰的"心物应答"实际上强调的是中国传统诗学中审美主体与审美对象之间的交流和体验，是自我与世界之间的相互尊重、亲密融合而非西方美学中的情感认知与评价。《文心雕龙·物色》云："山沓水匝，树杂云合。目既往还，心亦吐纳。春日迟迟，秋风飒飒；情往似赠，兴来如答。"刘勰指出，诗人之眼流连于自然风光的交错变幻，诗人之心又以情待物，物引起诗人情感的变化像赠送，诗人因为物的投射而感兴激发起诗心似回答，心与物如友人之间的兰亭唱和一般，酬谢应和，在这种心物应答、回环往复之中，审美意象得以生成，心物实现审美自由的统一。早年的梅洛–庞蒂通过改造胡塞尔的意识意向性为身体意向性来确定世界的存在，后来他意识到从身体意向性无法合理推出心物统一，在晚年，他转向了"世界之肉"的研究，主张以"退回"的方式回到前科学的原始存在状态，人的身体属于自然世界的一部分，是一种原初的混沌物，人与世界共同构成了肉身化的"蛮荒世界"的存在，在这种共同基质的"肉"的存在中，主体与对象不再是对立，而是走向"野性"的统一。所以，梅洛－庞蒂走向主客统一的方式是退回以达到主体与对象"交织可逆"的境界，但这种境界并不是审美的境界，而是自然的混沌。正如杨春时的评价："这是一种自然主义的主体间性理论。它的问题与所有主体间性理论一样，在于以自然的、原始的存在来解释存在的本质，从而导致一种还原论。"① 正是这种还原论使得他先前构建的"可逆性"的主客统一的世界并没有走向审美主义的自由超越，在这一点上，中国古代的刘勰显然要比梅洛－庞蒂走得更远。

第一，我们来看话语方式层面的"心物应答"与"可逆性"的区别。这一对话语范畴都是指向主客统一的生存状态。胡塞尔用"意向行为"和"意向对象"的意向性结构来理解主客关系，其实质仍是主体性的哲学图解，主体具有主动性，而对象具有被动接受性，二者仍然是认识论关系。梅洛－庞蒂反对这种单向的关系，他认为知觉与被知觉乃是一种自然层面的身体交织，审美对象不仅仅

---

① 杨春时.作为第一哲学的美学——存在、现象与审美［M］.北京：人民出版社，2015：254.

是一个自在的物，而且也具有内在的自为"世界"，审美主体不仅是有意识的知觉主体，它与审美对象具有相同基质的"肉"，审美主体和审美对象的"身体"在这种同源性的基础上互为主体、互为对象，进而相互倾听、相聚交融、相互对话。刘勰的"心物应答"说属于前主客关系时代，没有经历认识论转向的哲学模式，没有经历现代性思想的洗礼，因而审美主体与审美对象的关系不是认识论意义上的主观与客观的关系，而是生存论意义上的统一共在关系。作为主体的"心"并没有完全意义上的自明性，因而才会显现出多维性，它和对象"物"是一种非对象性的宇宙间的原生关系，心与物可以自由无碍地神交，人与天地万物共处共在、相互通融，达到天人合一的宇宙模式。这种诗性审美的"天人合一"虽然也讲"物化"式的主客互转，也有"物性"的倾向，但这不是梅洛－庞蒂意义上的感性的"可逆"，它具有比感性更高层次的诗性。这种诗性不讲"肉身"的厚度，不讲"交织"的密度，不论存在的深度，而是追求诗意的自洽、主客的圆融与平等的交往。梅洛－庞蒂的英年早逝，给它的身体现象学的发展留下了诸多遗憾和不解的难题，如果梅洛－庞蒂能够在《可见的与不可见的》之上，在自然主义的基础上再迈出几步，"世界之肉"也许会从"野性"走向"诗性"，因为主客的统一最终是走向审美的超越性和真实性。

　　第二，作为审美主体和审美对象的心与物范畴结构的形态不同，这也是梅洛－庞蒂的主客统一模式不会走向彻底的审美主义，而是在审美主义与自然主义之间徘徊的主要因素。刘勰的"心"范畴内涵更具丰富性，在物感诗学中，刘勰用"神""情""意""志"等话语范畴来指代不同层面、多层维度的审美主体，审美主体因为感情的灌注和蕴藉使得话语方式更具诗性的审美，这个"心"因为不具有主体的明证性而与对象能够亲密融合。而梅洛－庞蒂首先所面对的"心"是一个主体性哲学范畴，他要克服和解构的是自笛卡尔以降的身心、主客的二元对立，因此，他把审美主体的心降级为纯粹的知觉主体——"身体—主体"。在审美对象层面，刘勰"物"的概念也极具生发性，包括"境""景""象""江山""时序"等具象化的实体，梅洛－庞蒂的审美对象存在论中，审美对象是一个抽象化的"世界"或者"肉身"。虽然两人都把审美对象提升到了"自在自为的准主体"地位，实现了审美主体和审美对象的主体间性的交往，但梅洛－庞蒂是在破除主客二元对立的形而上学思维模式的基础上，通过审美主体和审美对象的"交织可逆"的互转方式，将人和世界同质化为本源性的"肉"，进而赋予了审美对象以"准主体性"。刘勰并不是通过论证审美主体和审美对象的本源性，而是认为审美对象的"物"先验具备"准主体性"，心与物均是以各自的主体性即相互的主体间性进入审美场域之中的。最后，在心与物的互动关系层面。刘勰通过心物感应、心物应答、心物交融最后走向心物统一，达到即心即物、即物即心、心物互照，实现审美主体与审美对象的最终统一。梅洛－庞蒂走出的是一条在审美主义和自然主义之间徘徊的道路，他以主体退回到与自然等位的方式，削弱人的主体性地位，如"主体间性的交错延伸到我们与我们的身体、与动物、与植物的关系，一种普遍的存在论，不再是作为我们构造的本质或意义的确定，而是作为我们与他者的未知的存在论的亲密关系的共在"①。他把主体降格为"身体——主体"，后又进一步退回至"肉身"的存在以进入世界，让人与世界实现"肉身"的交织，因而我们成为他人，成为世界。

第三，刘勰和梅洛－庞蒂实现审美主体间性的方法和形式的最大不同就在于审美结构之中，而这种不同最终指向二者对待人与自然关系的态度上。一切的哲学都可能面临着可感和可知的世界之间的关系，一切诗学都是在处理主体与不同形态的世界所形成的种种关系的结果。梅洛－庞蒂从早期的《行为的结构》《知觉现象学》，到中期《自然的概念》，再到晚年未完成的《可见的与不可见的》都在探讨自然世界的问题，他旨在建立起一个"感性的存在"世界，"世界于是意味着在科学的数量和测度遮蔽后面的、尚未被驯化的野性自然，蛮荒自然，而为了回到存在论所关心的野性存在、蛮荒存在，必须对理智主义、科学客观主义进行更深入的清理"②。在批判地考察和继承从笛卡尔到伯格森、萨特的法国哲学和创造性误读胡塞尔先验现象学的基础上，梅洛－庞蒂逐步建立起了自己独特的存在论哲学，自然是在知觉主体与知觉世界的原初关系中涌现出来的，它是一种从知性到感性的回归，最终被赋予一种灵性的存

---

① 梅洛－庞蒂.1959—1961 年课程笔记，法文版，第九十页，转引自杨大春.感性的诗学：梅洛－庞蒂与法国哲学主流［M］.北京：人民出版社，2006：375-376.
② 杨大春.感性的诗学：梅洛－庞蒂与法国哲学主流［M］.北京：人民出版社，2006：379-380.

在，由于知性和感觉的经验被切断，自然世界恢复了它的神秘性。正是由于对神秘世界的关注，才有了他后来提出的"世界之肉"的概念，在对世界之肉的论述中，世界被赋予了灵性，"我们所谈论的肉不是物质。它是可见者对能看的身体的环绕，可触者对能触摸的身体的环绕，当身体在看和触摸事物的过程中看自己和触摸自己时，这尤其获得了证实，以至于它同时作为可触摸者下降到诸事物之中，作为触摸者主宰他们全部，并且从它们自身中通过整体的分化或者裂缝引出这一关系，甚至是双重关系"①。

梅洛－庞蒂反对经验主义和理智主义，他从自然的角度出发看人与自然的关系，让人退回到前理智阶段，让世界退回到前科学状态。"在这种原始的关系中，人的身体不过是自然的一部分，而自然本身也不是'机械的'客体，而是'灵化'的。这是一种'野性的'、'荒蛮的'、'原始的'存在，人与自然共同构成'世界之肉'。"②梅洛－庞蒂用他的"知觉""退回""交织"的方法，让人与世界的关系充满感性的色彩和灵性的光辉，最终实现自然的"复魅"，这种复魅闪烁着原始自然的灵性光芒。然而，这种泛灵论的存在某种程度上造成了人的离场，没有了人的存在，也就不可能有超越性和自由性的审美关系，那么这种自然主义的主客统一也就不是真实意义上的主客统一。通过对梅洛－庞蒂自然观的分析，我们

---

① 梅洛－庞蒂.可见者与不可见者，法文版，转引自杨大春.感性的诗学：梅洛－庞蒂与法国哲学主流 [M].北京：人民出版社，2006：232.

② 杨春时.走向后实践美学 [M].合肥：安徽教育出版社，2008：302-303.

发现，在通向主体间性的主客统一之途，刘勰与梅洛－庞蒂并没有在审美超越的维度相遇。刘勰心物统一的最终落脚点是人格审美，人从未离开自然，自然泛着人的情感色彩，心物应答某种程度上是对自然人格的欣赏，"所以离开了自然的人化和人的自然化，是论证不了心物感应的统一性"①。心涉足于物，物反馈于心，最终实现的是物的人格化和心的审美化。

在主客统一的话语对话层面，我们可以得出这样一个结论：刘勰的"心物应答"乃是审美的超越和统一，审美主体的"心"虽然并不是充分发达的自为主体，但其和"物"能够实现亲密地交往和融合，就在于它所达到的诗性高度；梅洛－庞蒂的"可逆性"乃是人与世界的共生共在，是一种灵性的生存关系，审美主体主动消解了"我性"而与世界相互缠绕和拥抱，但自然的"复魅"并未使审美关系跳出自然主义的主体间性，因此，梅洛－庞蒂对形而上学问题的解决也并不是绝对彻底的。

当然，梅洛－庞蒂的局限，并不是他个人的局限，而是西方社会的现代性根源决定的，"自然观念、人的观念和上帝观念在现代人那里极度混乱"②，晚年的梅洛－庞蒂也在思考如何解决这一问题，在未完成的《可见的与不可见的》中，梅洛－庞蒂计划建立一种破除传统哲学所规定的人、物、上帝的图式，这在某种程度上使

---

① 邱世友.文心雕龙探原［M］.长沙：岳麓书社，2007：85.

② 梅洛－庞蒂.1952—1960年法兰西学院课程摘要［M］.法文版第127页，转引杨大春.感性的诗学：梅洛－庞蒂与法国哲学主流［M］.北京：人民出版社，2006：426.

他走向了海德格尔"天地神人"四方统一的道路。可遗憾的是由于梅洛－庞蒂的盛年早逝，这种理论的可能也仅仅是停留在后人的猜测中。我们返回到诗性与灵性的对话上来，或许中国传统诗学的"心物应答"的交往模式是一条实现主客统一的路径。自然的"复魅"并不是存在的终途，人类的理想国不能没有诗人的存在，诗人以诗眼纵横寰宇之内，以诗心独与天地间精神往来，人类的精神家园需要诗人来守候。

第二节 审美主义的互鉴："审美意象" 与"肉身化"

梅洛－庞蒂在其晚年的著作《可见的与不可见的》中提出"肉身"（the flesh）这一充满神秘色彩的独创性概念。"肉身"显然是一种灵性的表达方式，它把主体与对象都看作是具有同质性的物质。那究竟什么是"肉"呢？梅洛－庞蒂认为，"肉"是具有某种普遍性的、最后的东西，"肉不是物质、不是精神、不是实体"，可以用"元素"这一词来界定它，它"处在时空个体和观念的中途"[①]。"肉"是身体—主体的具体表现形式，是知觉的升华，也是对身体与世界关系的深入体验，"它既非物质，也非精神，亦非实体，而是一切存在者所属的共同肌理组织，其中每个身体、每个

[①] 梅洛－庞蒂.可见者与不可见者，法文版，转引自杨大春.感性的诗学：梅洛－庞蒂与法国哲学主流［M］.北京：人民出版社，2006：230.

事物都仅仅作为与其他身体、其他事物的差别而出现 。对他来讲，'肉身'概念最终意味着所有存在者隶属的共同界域"①。某种程度上可以说"肉身"造就了这个世界的丰富多彩。

"意象"是主体在认识过程中为借物表意而生成的人为之象，是心物交融、主客统一的结果。"意象"这一概念，在很多人印象中是一个舶来品，因为西方象征主义与意象派诗歌理论中有关于"意象"的论述。但它的确是一个地道的本土诗学话语范畴。"意象"范畴源远流长，与中国传统文化的"象思维"方式密切相关。老子提出的"无状之状，无物之象"与庄子提出的"得意而忘言"以及《周易》中的"立象以尽意"，都是"意象"范畴的滥觞。"意象"概念最早合并出现始于东汉初期的王充，其《论衡·乱龙篇》中提出的"礼贵意象"，仅是指人造的表象。魏晋南北朝时期，比较成熟的"意象"理论逐步形成。王弼提出"言以明象，象以出意"，从认识论和美学的角度揭示了"言""象""意"之间的关系。刘勰是"意象"理论的集大成者，他首次在美学层面将"意"和"象"合为"意象"一词，开创了审美"意象"说。《神思》篇中云："然后使玄解之宰，寻声律而定墨；独照之匠，窥意象而运斤。""寻声律"之"寻"，窥意象之"窥"，都是一个酝酿、联想、内化、升华的过程，也就是"意象"孕育、生成的过程。意象的生成，是心物交融的复杂统一，是将审美感受转化为审美意象的创造

---

① 卡波内.图像的肉身——在绘画与电影之间［M］.曲晓蕊，译，上海：华东师范大学出版社，2016：15.

性运动。

从以上的表述中，我们不难发现，"肉身"与"意象"是两个来源、内涵和特征截然不同的概念。"肉身"是梅洛－庞蒂冲破身心二元论的产物，是对其知觉首要性理论的深化，是为了"'灵魂与身体关系'问题的解决"①，整体上仍是从身体与世界的经验出发的，因此"肉身"从本质上说是一种本体论的话语范畴。而"意象"，作为主体的"意中之象"和"达意之象"②，从其形成的过程和内容的本质上来看，是一个认识论的话语范畴。因此，两者诗学话语的对话，必须要建立在一定的标准层面。我们发现，"意象"与"肉身"虽然内涵的本质不同，但是在审美层面却有共同的表达形式和表现空间。在刘勰那里，审美意象或艺术意象的生成过程是《文心雕龙》主要探讨的内容；在梅洛－庞蒂那里，肉身的审美维度包括画家与作品、身体与世界、看者与被看者、可感与可触的互反性与可逆性，艺术作品的生成过程就是让不可见的可见、让可触的可感。在美学层次，我们可以在以下层面的分析中发现二者实现对话的可能性。

刘勰与梅洛－庞蒂心物关系不同的审美过程结构决定了意象的"虚实相生"与肉身的"可触可感"。我们知道，刘勰的"意象"是"神思"的结果，而神思作为艺术构思的中心环节则是心物互动的过程，心物互动的规律是"思理为妙，神与物游"。从这一

---

① 梅洛－庞蒂.可见的与不可见的 [M].罗国祥，译，北京：商务印书馆，2008：296.
② 参阅古风."意象"新探 [J].社会科学战线，2016（10）：136.

内在逻辑的层次来看，"思理"亦即"神思"之理，主要指主体的"心"与自然的"物"之间的一种神妙的感应交合作用，艺术家进行艺术构思的过程，实际上也就是"神与物游"的过程，是一种合乎规律的思维活动。在这一活动过程中，主观的情感和思绪与外在的自然之物融会贯通、契合交融，也就形成了所谓的"审美意象"。朱志荣说："审美意象就是审美活动中所产生的'意中之象'，是主体在审美活动中，通过物我交融所创构的无迹可感的感性形态。其中的'意'，是主观的情意，也不同程度地融汇着主体的理解；其中的'象'，是情意体验到的物象，和主观借助于想象力所创构的虚象交融为一。"① 意象通过有限的形式和内容传达和表现着无限的审美意蕴，意象具有穿越时空的巨大思想容量，因而形成一种虚实相生、含蓄阔达、圆润无垠的特性。因此，意与象的结合，既不是主体对对象的机械地再现和复写，也不是脱离客观对象的任意想象，正如"镜中月""水中花""胸中竹"一般，意象在一种圆阔与诗意的超时间与超空间中生成，又模糊又清晰，又具体又难以把握，又有原型性的集体无意识，又是诗人独具特色的虚实相生的审美存在。

应该说，刘勰"意象"概念的诗意性与超越性不如梅洛－庞蒂的"肉身"具有可感性与可触性的具体实在，但这种"肉身"的不透明性，实际上带来的是一种"原初"的审美存在关系而非"诗意"的审美存在关系。梅洛－庞蒂说："身体就站立在世界前面，

① 朱志荣.中国审美理论［M］.上海：上海人民出版社，2013：208.

世界也站立在它的前面，在他们之间有一种拥抱关系。还有，在这两个垂直存在之间有的不是一种边界，而是一种接触面。"① 那么这个接触面就是身体与世界相互知觉的"肉身"，身体知觉世界的时候，身体之肉与世界之肉相互知觉和可逆。由此我们可以看出，"肉身"不仅是心物关系的结果，还是心物关系得以实现的形式。梅洛－庞蒂借助一个心理学术语"身体图式"来说明身体的开放性的结构以及其和世界的存在关系，在这个"身体图式"中，身体具有内在空间性与外在的时间性，因此，作为人与世界的共同机制的"肉身"就是在时间与空间这种二维状态中存在着。

理解了"肉身"的存在形式后，我们再来看"肉身"的审美特征。梅洛－庞蒂在《眼与心》中这样表述艺术绘画的表达过程："（画家）他最纯粹的活动——只有他一人有能力挥洒出的这些动作和画出的这些线条，对于别人便是泄露天机，因为别人没有与他同样的那种种期待……在画家与可见物之间，不可避免地会出现作用的颠倒。因此，许多画家都说，物体在注视他们"，"任何技术都是'身体的技术'，它扩大并用形象表现我们肉身的形而上学的结构"②。对于画家来说，绘画作品不仅是表达世界，而是画家生活在绘画的世界里。这样一个世界不是画家审美构思活动中所形成的"意象"，而是画家作为主体的身体直接与世界进行对话和交

---

① 梅洛－庞蒂.可见的与不可见的［M］.罗国祥，译，北京：商务印书馆，2008：347.
② 梅洛－庞蒂.眼与心［M］.刘韵涵，译，北京：中国社会科学出版社，1992：136-137.

往。绘画的过程就是身体之肉与世界之肉的互动，画家作画时不是简单地"看"世界，不是简单地"画"世界，而是"把他的身体借用给世界"[①]，用画家之"眼"在画布上与世界感性的实践。由此可知，画家和世界的"肉身"相互贴合、相互渗透、相互开放，肉身的"绽放"之时，就是绘画意义的显现之时。就像我们欣赏一幅世界名画《伏尔加河上的纤夫》一样，我们并不是从这幅深沉悲壮的绘画中那一个个纤夫的面孔来体会悲苦、艰辛的生活，而是在我们观看的时候，我们的身体的知觉被充分调动，仿佛我们就置身真实的伏尔加河畔，我们与纤夫一样感受到身体拉绳索的切肤之痛。所以，用"肉身"来作画，用"肉身"来欣赏画作，就是一种身体感觉与视角的统觉经验的综合。

　　通过分析刘勰的"意象"和梅洛－庞蒂的"肉身"这两个诗学话语的形成过程和美学特征，我们可以这样认为，刘勰的"意象"理论，是以诗人之眼静观世界，梅洛－庞蒂的"肉身"理论，是以画家之身感触世界。诗人之眼超凡脱俗，超越洒脱，在虚与实的对立统一中构造出审美意象以营造一种物我同一、形神兼备、和谐圆融的审美境界；画家之身进入世界，在身体—主体与对象世界化为共同的基质——肉，进而在可看、可触、可感的相互逆转中让意义渗透在绘画中，让不可见的成为可见，让人与世界的关系重返蛮荒的原初存在。由此可见，意象与肉身的异质性呈现，就其根本

---

① 梅洛－庞蒂.眼与心［M］.刘韵涵，译，北京：中国社会科学出版社，1992：128.

原因来说，在于各自心物关系结构形态的差异性。

最后，让我们回到话语对话的层面。在"审美理想的终极指归"这一节中，我们知道，中国传统诗学的审美理想是一种诗意与人生结合的自然审美理想，这也就使"意象"的发生和构成是以诗意的表达和存在为目的的。但是这种诗意不是在纵向的时空中寻求自我确证，而是在"一花一世界，一叶一菩提"的平面世界中存在，所以，审美主体与审美对象的存在关系缺乏一种张力的深度关系，因此也就不会像梅洛－庞蒂一样，要调动整个知觉系统，颠倒整个认识关系模式，不惜返回野性的"肉"来获得最真实的审美体验。梅洛－庞蒂的"肉身"从根本上讲，就是一种"彻底的敞开"，而刘勰的"意象"则是"自由的骋怀"，在"敞开"中世界获得了神秘性，审美主义也不可避免地走向了自然主义；而在圆融的审美世界中"骋怀"，则必然不会走向任何极端，当然也不会有其他深度的审美体验。

第三节 主体间性的互证："神与物游"与"含混性"

主体间性（intersubjectivity）又叫"交互主体性"，是胡塞尔现象学的重要概念之一，最初指超越主客二分的主体与主体之间的同一性。主体间性的理论形态涉及哲学、社会学等不同领域，简言之，主体间性就是指我与世界共在的关系。杨春时对主体间性的内涵进行了三个层面的概括："我与世界之间的关系不是主客关系，而是主体与主体的关系；我与世界之间的关系是一种互相交往、互相理解和同情的关系；我与世界的共在是真正的同一性。"①我们知道，现象学发展到海德格尔，其用本质直观的方法经验存在与中国古代哲学天人合一的哲学思想不仅有事实影响层面的联系，而且还有某种学理上的类同性。我们选择用主体间性理论来经验和观照刘勰与梅洛 – 庞蒂的诗学话语，也正是因为超越主客二分的主体间性是达到二者共同美学追求的最佳途径。在心物关系的话语对话层面，我们所说的主体间性是审美层面的本体论的主体间性，因为"审美的主体间性是最充分的主体间性，它克服了人与世界的对立，建立了一个自我主体与世界主体和谐共存的自由的生存方式"②。"神与物游"和"含混性"是刘勰和梅洛 – 庞蒂关于审美境界和审美生存方式的话语范畴，他们都摒弃主客二分的审美模式，主张主体与对象的统一，实现主体间的审美超越。

　　刘勰的"神与物游"理论是其美学理论的核心话语范畴之一，该理论话语的形成，主要来自两方面。首先，"神与物游"来源于庄子的道家美学思想中"游"的话语范畴。"游"最早的本义和精神世界并没有直接联系，许慎的《说文解字》把"游"解释为"旌旗之流也"，即旗子的漂流游动、无拘无束。庄子的阐发却

---

① 杨春时. 作为第一哲学的美学——存在、现象与审美［M］. 北京：人民出版社，2015：244−245.

② 杨春时. 主体性美学与主体间性美学［J］. 东南学术，2004 年增刊：278.

使"游"成了一个纯粹的美学概念。庄子开篇提出了一个"至人无己，神人无功，圣人无名"（《庄子·逍遥游》）的"独与天地精神往来"的人生境界。在随后的篇目中，庄子反复强调这种逍遥游，如"且夫乘物以游心，托不得已以养中，至矣"（《人间云》），"汝游心于淡，合气于漠"（《应帝王》），"乘云气，骑日月，而游乎四海之外"（《齐物论》）。刘方在《中国美学的历史演进及其现代转型》一书中谈到庄子"游"的美学思想时说："在庄子这里，'游'获得了更为纯粹的美学意味，它不仅超伦理，也超越了所有的功利目的、利害计较，是无所待的人生与审美的自由化境。"① "游"是中国古人对于宇宙人生的诗性领悟，是中国古人对理想人生境界和审美生存方式的追求，传达出一种对精神自由和审美愉悦的不懈追求和向往。刘勰则从庄子关于艺术化的人生的审美境界入手，把诗意人生的审美理想落实到具体的艺术创造的活动之中，提出了艺术构思的"神与物游"说。

其次，"神与物游"的审美境界在中国传统诗学、美学的语境下来看，本质上是一种"物化"的状态。"物化"最早也源自于老庄哲学，老子云："侯王若能守之，万物将自化。化而欲作，吾将镇之以无名之朴。"② 老子把人与世界万物一体化，人的主体性基本被忽视。在庄子那里，这种"物化"进一步强化，庄子以梦蝶的故

---

① 刘方.中国美学的历史演进及其现代转型［M］.成都：四川出版集团巴蜀书社，2005：71.

② 陈鼓应.老子今注今译［M］.北京：商务印书馆，2016：212.

事向我们讲述了齐万物、等生死的"物化"观,"昔者庄周梦为胡蝶,栩栩然胡蝶也。自喻适志与!不知周也。俄然觉,则蘧蘧然周也。不知周之梦为胡蝶与,胡蝶之梦为周与?周与胡蝶则必有分矣。此之谓'物化'"(《庄子·齐物论》)。从寓言故事中我们可以看出,庄子的"物化"是一种极端地泯灭主体与对象的差别,达到物和我的绝对统一。陈鼓应将"物化"解释为"物我界限之消解,万物融化为一"①,是比较契合原文本义的。虽然庄子的"物化"说有极端性的倾向,混同了人与物的界限,但是他从齐物的观点出发,将物注入了人的主体意识,这对刘勰等后世文论思想家产生了重大影响。刘勰的"神与物游"不仅具有庄子美学中诗化的"游"的审美理想,而且还有"物化"的审美境界。

"神与物游"的实现方式是"虚静"和"忘我",这和庄子"物化"的途径"心斋"密切相关,都主张以内心的安静和虚柔来审阅自我的灵魂生命。但是,刘勰的"神与物游"综合了庄子的"游"与"物化",审美主体与对象主体实现了较为充分的审美主体间性。有学者质疑"物"是否具有主体性,并强调"物"是在人的意识和感情的经验中才能完成主体性的表达:"但浑融的万物操纵者应该是人,而不应该是没有生命和思维的物。人为万物之最为灵明者,万物以人的灵明而灵明。人与万物浑融的另一层含义是,人不奴役万物,而将万物看成同人一样的有生命与情感的存在。

---

① 陈鼓应.庄子今注今译 [M].北京:中华书局,1999:29.

但是，人与物又是不能混同的。"① 诚然，人与物是有本质区别的，"神与物游"的状态，不是庄子"齐物"的"物化"，而是在"物我互化"中主体间的交往和对话，单个主体的心或者物的"独白"不是真正的主体间性关系，心物交融、心物互化就要充分尊重作为主体的主体与作为对象的主体各自的主体性，既不能消除"心"主体的能动性，又要重视"物"的主体功能，同时心物之间必须是主体间的共振才能实现最终"神与物游"的审美境界和审美效果。

刘勰的"神与物游"基本上符合审美的主体间性的表达。第一，刘勰说"神与物游"而未说"神与物化"，就强调了主体之"心"与对象之"物"的关系并不是绝对地消除彼此的界限，而是在"游"这一动态存在中找到平衡，这种平衡就是主体间性的存在关系。第二，"神与物游"是心物关系所达到的最终状态，实现神与物游的途径是从"感物"到"体物"再到兴情的过程，感物并不是人的主观情感的独自摄入，而是"物色相召"，即物含有了人的情思，物能思、能动，能够与人交流和对话，在心物应答中达到"神与物游"的状态。此外，对于"神与物游"论，我们还需注意一点，刘勰是在艺术构思论层面讲"神与物游"，其最后的落脚点是文学艺术创作的具体方式，因此，"神与物游"并没有在主体间性层面再前进一步。因为主体间性是一种你中有我，我中有你的存在状态，神与物游实现了"心物交融"，但并没有真正实现"物我互化"。

① 胡经之，李建. 中国古典文艺学［M］. 北京：光明日报出版社，2006：252.

　　审美的主体间性可以为我们沟通和互证中西美学和诗学找到一条途径。杨春时认为，主体间性是中西美学共同性和差异性的根本原因："共同性在于，中华古典美学和西方现代美学都主张审美不是人与物的关系，而是自我主体与世界主体的关系，通过主体性交流、对话达到对存在意义的体验和理解。差异性在于，西方美学具有现代性，主体间性发展充分；而中华美学是古典美学，不具有现代性，主体间性不充分。"①上文中我们对梅洛-庞蒂诗学话语"神与物游"进行了主体间性的分析，确定了刘勰物感诗学主体间性之不充分性在于其没有达到"物我互化"的主体间性的终极生存状态，现在我们来反观梅洛-庞蒂的"含混性"的诗学话语，看现象学美学中的主体间性的实现程度。

　　"含混"（ambiguous）被认为是梅洛-庞蒂独特的哲学风格，与追求明晰、清楚的笛卡尔式的传统哲学相比，梅洛-庞蒂更加关注模糊、暧昧、混杂的存在关系。梅洛-庞蒂的"含混"，并不是要消解世界的实在性和客观性，也不是要消解人与世界的存在关系，而是要拒斥传统形而上学的二元对立。含混表现为一种对待事物和真理的姿态，它让我们放弃拥有绝对知识的权利和追求。含混与哲学的主题相关，"造就一个哲学家的是不停地从知识导向无知，又从无知导向知识的运动，以及在这一运动中的某种宁静……"②。把哲学的"思"与"非思"含混起来，强调哲学是一个过程而非结

① 杨春时.中华美学的古典主体间性［J］.社会科学战线，2004（1）：81.
② 梅洛-庞蒂.哲学赞词［M］.杨大春，译，北京：商务印书馆，2000：2.

果。杨大春指出："含混并不模棱两可，不是王顾左右而言他，而是出现在认识、身体、事物中的某种辩证形态。"[1] 由此可见，含混既是肉身存在的特性，也是审美活动中身体的经验属性。身体与世界之肉的交织可逆使得"含混"成为一种独特的"辩证形态"，对于含混中"某种宁静"的追求，不仅是一种哲学的风格，还是一种审美的风格。在这里，我们将"含混"定义为一种现象学的审美状态来区分平常生活语境下模糊不清、暧昧不明、杂乱无章的言语层面的"含混"的意思。

梅洛-庞蒂用左手、右手的互相接触的身体经验来说明"含混"这种独特的存在状态：用我的右手去接触正在触摸的我的左手，我的左手因为被触摸而从主体转化为被触摸的对象，与此同时，正在被触摸的我的左手因为同时在触摸我的右手也成了触摸的主体，正因为这种可感可触的互转和可逆，主体与对象在含混中实现了共在，在可见者与不可见者交织可逆时，我们就会亲临这个"含混"的世界。在绘画艺术的创作和欣赏中，梅洛-庞蒂同样也展现了他"含混性"的美学观念。梅洛-庞蒂对绘画创作时的"身体"十分重视，他强调绘画不能离开创作者的身体，绘画艺术其实是一种身体的"原初表达"，是将身体借给世界进而得到关于世界的深度、颜色、视角、光线等的体验。对象被身体所知觉，另一方面对象也需要身体的融入和给予，此时创作主体与创作对象的关系

---

① 杨大春 . 感性的诗学：梅洛 - 庞蒂与法国哲学主流 [M] . 北京：人民出版社，2006：71.

发生了瞬间的倒置，创作者不仅按照自己的意志去绘画，其创作过程也包含着创作者与创作对象之间在"含混"状态时所获得的身体感知经验。由此可见，"含混"乃是梅洛-庞蒂关于主体间性的最恰当的表达，审美主体与审美对象互为主体、互相对话，实现了你中有我、我中有你的存在。从审美层面看，梅洛-庞蒂的身体美学的含混性实际上是发展充分的主体间性的审美存在。

"神与物游"和"含混"是刘勰与梅洛-庞蒂实现主体间性的话语方式，他们都在各自的诗学和美学领域内实现了审美的主体间性的表达。那么，梅洛-庞蒂的知觉现象学美学的"含混"与中国传统美学的"神与物游"是否可以通约互证？

鉴于中国传统诗学话语概念的模糊性、虚涵性和融通性，我们将"神与物游"的概念内涵进行分解处理，然后再进行整体上的比较。首先，将"含混"与"物化"对举。"含混"和"物化"都涉及主体与世界的接触，即"感物"与"知觉"这两个过程。刘勰在《文心雕龙·比兴》中说："诗人比兴，触物圆览。物虽胡越，合则肝胆。"诗人之心触遇外物之境，生产圆览之意象，这种触遇可以超越时空距离的界限，实现宇宙生命的整合。"触物圆览"与"神与物游"相辅相成，前者是指物化的过程，后者是指物化的状态。"物化"最大的特性就是将主体与对象的界限消除进而实现心与物的融合与统一，"含混"在某种程度上也含有"物化"的意思，都指向心物交融的状态。但"含混"只是一种自然主义的"贴合"和"重叠"。"含混"包含着两种结构向度，一种是外向结构，即不可见的世界与可见世界的含混，可见与不可见的场域的扭结让意义得以在世界之肉中分裂、炸开、生成。另一种向度是内向结构，是指具体的我的身体与世界的接触，这种接触以现象学意味的"肉身"为实现的基础，"身体在看世界时，它的意义结构与世界之间是被肉身填充满了的距离并成为身体目光的视域场"①，也就是说，内向结构的"含混"返向世界之肉中，在厚重的世界之肉中完成我与世界的可逆互转。因此，外向结构的"含混"状态是存在之维，它用在场唤醒不在场；内向结构的"含混"是审美之维，它在"肉身"的包裹中实现主体与对象同质的、原初的主体间性的生存方式。从审美空间结构上看，"物化"是一个没有内在的圆形的平面体状，物化的实现则使得审美主体与审美对象融合而无限敞开；"含混"则是一个有厚度、有密度但无规则的感性体状，主体与对象相互敞开的存在状态造就了一个密闭的审美空间结构。

其次，我们再把"含混"与"神与物游"对举。"含混"所要达到的是一种审美感性的认识，这和梅洛-庞蒂所主张的知觉首要性与重返原初的存在状态密切相关。现代社会的技术理性早已将人类的认识功能异化，人类几乎所有的审美活动都是被"剪辑""拼接""模拟""制作"而成的，科学世界所带给人们的理性认识远远偏离了真实的审美经验，因为真实的经验被遮蔽，价值判断的有效性也被大打折扣。所以，梅洛-庞蒂要返回胡塞尔所说的"生活世界"其实是对胡塞尔的创造性误读，他所言的"生活世界"并不是

---

① 燕燕. 梅洛-庞蒂具身性现象学研究［M］. 北京：社会科学文献出版社，2016：186.

被直观到的"本质世界"，而是一个可触可感的感性世界，"含混"就是要重新获得"感性"的审美经验。而刘勰的"神与物游"，是经由"心斋""忘我"的审美心理机制，因触物、感物而兴情，在心与物的回环往复中实现审美境界上自由无碍的精神状态，这种注重"情感"生成的审美经验，固然与中国古典诗学"言志缘情"的传统有关，但根本上还是受传统文化中天人合一、不分主客的宇宙观的影响。因此，虽然刘勰和梅洛–庞蒂在审美境界和审美理想上有差异性的走向，但"神与物游"与"含混性"是刘勰和梅洛–庞蒂实现主体间性的审美超越的方式，二者在具体的结构上是可以互证互补的。

最后，我们可以这样总结刘勰与梅洛–庞蒂关于主体间性的实现：刘勰是在诗与思的交融中走向审美的情感超越，梅洛–庞蒂在思与非思中获得审美的感性经验最终重返世界的本真状态。从古典与现代、中国与西方的对话中，我们可以看到道途与路向的差异，但走向真与善的统一则是人类共同的诗心和审美追求。

结　语

　　20 世纪后半叶以来，人类进入了一个剧烈的文化转型期，伴随着现代殖民体系的崩溃和传统欧洲中心主义不断受到挑战，亚、非、拉等第三世界的觉醒以及古老东方文明的复兴，人类的文化格局从未像今天这般多元共存，相互激荡。中西比较诗学也在这种文化阵痛中被深入推进，然而异质性的东西方文化能否通约以及如何通约？在精神的冲突下是否有一种"共同语言""共同诗心""共同人性"的存在，可以超越个体认识的有限性，引领异质文明间的沟通、交流、对话？这些成了比较文学与比较文化学者们苦苦冥思的问题。

　　刘小枫在《拯救与逍遥》中说："体验的具体境遇不可能重复，体验的形式却是有超历史，超个体的普遍性。由于体验形式的普遍性，生活问题的意义普遍性才成为人性的要求……对话过程中寻求的所谓一致意见，应当是绝对真实的价值意义。"[1]中西方诗学的

---

[1] 刘小枫.拯救与逍遥［M］.上海：华东师范大学出版社，2011：24.

分野正在于中西民族由于不同生存境遇和生活环境所造成的迥异的本源性思维差异，因此诗学的具体形态的差异性才得以凸显。然而具体的形式和方法却可以成为通约、对话的可能性，这也是本书在思维结构一章中所谈到的"实用性思维结构"的意义，这就为诗学的对话和沟通打开了大门。现象学与中国古典哲学，现象学美学与中国古典美学，刘勰的"物感"诗学和梅洛－庞蒂的"知觉"诗学、"肉身"诗学的对话，就在于二者在审美层面追求超越主客两分的二元对立思想，追求心与物、主体与对象、自我与世界、情感与自然之间主体间性的交往和存在关系，获得一种心物交融、人与世界共在的生存境遇。发现并分析这种境遇、探寻这种境遇形成的原因，这就是刘勰与梅洛－庞蒂心物关系结构实现对话交流的目的和价值。

主体间性的存在模式在本质上是一种"你中有我、我中有你"的双向互动、互相渗透、互相敞开的关系，这就要求中西诗学的对话是以"复调"的对话为宗旨的。巴赫金说："一切都是手段，对话才是目的。单一的声音，什么也结束不了，什么也解决不了。两个声音才是生命的最低条件，生存的最低条件。"[①]复调对话是一种多声部的言说，一方面，它尊重各方的主体性的存在地位，各个主体都有进入场域内言说和表达的机会；另一方面，复调的言说并不是以获得"统一"和"一致"为终极目的，而是要在复调对话中，

---

① 巴赫金.陀思妥耶夫斯基诗学问题［M］.白春仁，顾亚铃，译，北京：生活・读书・新知三联书店，1988：344.

让异质诗学话语不断地交融碰撞进而反观自身、理解自身、建构自身。简而言之就是既向外看，又向内看，在彼此的互看中实现自身的发展。众所周知，20 世纪 90 年代以来，关于中国古代诗学、文论的现代转型问题被热烈地探讨。近几年关于西方文论对中国文论、中国文学的"强制阐释论"也不断掀起对中西文学、诗学的反思。归根结底原因有两方面：第一，关于我们在比较诗学场域中的身份认同问题，我们应当运用现象学"悬搁"的方法去搁置根深蒂固的关于中西诗学的各种不真实的价值判断，中西诗学应当回到平等地交流、互动和对话这一事情本身。第二，关于诗学比较的方法论问题，既然中西诗学之间是平等地对话，那么就应当将进行对话的两个主体纳入到一个共同的框架之内，选择合法、合理的比较标准，进行准确、有效的话语阐释，在对话中实现诗学范畴、体系、话语以及思维方式的互证、互鉴和互补。这不仅是中西比较诗学得以展开的必由之路，同时也是中国古代诗学进行现代转型的契机。

在对刘勰《文心雕龙》的"物感"诗学的心物关系结构的研究与梅洛－庞蒂的"知觉"诗学的心物关系结构的对比研究中，我们可以发现，中国传统诗学并不是部分人主张的"无逻辑""无体系""凌乱"等笼统的判断。相反，它的体系在比较的过程中可以被系统建构，它的范畴概念可以在交流中被清晰辨识，它的话语方式可以在对话中找到新的阐释空间。作为共同对话的主体——梅洛－庞蒂的诗学心物关系结构，也在比较和对话中被重新发现和解读。当然，梅洛－庞蒂的知觉现象学仍然有很多的理论问题没有被理清，比如他晚年关于文学艺术的思考，关于野性存在的世界之肉的问题，关于语言的表达问题，等等，都因为其暧昧含混的学术姿态而显得难以把握和言说。但是，从整个"一体四翼"的刘勰与梅洛－庞蒂诗学的心物关系结构框架来看，有一点是可以肯定的，那就是二者都是坚定地走向审美的主体间性的，刘勰以诗人之眼观世界，世界弥漫着人格化的浸染，诗人与世界因此获得终极超越的审美境界。梅洛－庞蒂则以"在世界中存在"的含混性，亲临主体与世界的存在关系，把诗人请回原初的、野性的、蛮荒的理想国，让世界恢复它原有的神性、感性和灵性。

参考文献

一、中文文献

（一）中文著作

[1]中共中央马克思恩格斯列宁斯大林著作编译局.马克思恩格斯选集：第1卷［M］.北京：人民出版社，1995.

[2]梅洛－庞蒂.知觉的首要地位及其哲学结论［M］.王东亮，译，北京：生活·读书·新知三联书店，2002.

[3]梅洛－庞蒂.知觉现象学［M］.姜志辉，译，北京：商务印书馆，2001.

[4]梅洛－庞蒂.行为的结构［M］.杨大春，张尧均，译，北京：商务印书馆，2000.

[5]梅洛－庞蒂.可见的与不可见的［M］.罗国祥，译，北京：商务印书馆，2008.

[6]梅洛－庞蒂.眼与心——梅洛－庞蒂现象学美学文集［M］.刘

韵涵，译，北京：中国社会科学出版社，1992.

［7］梅洛－庞蒂．哲学的赞词［M］．杨大春，译，北京：商务印书馆，2000.

［8］梅洛－庞蒂．世界的散文［M］．杨大春，译，北京：商务印书馆，2005.

［9］杜夫海纳．审美经验现象学［M］．韩树站，译，北京：文化艺术出版，1992.

［10］海德格尔．存在与时间［M］．陈嘉映，王庆节，译，北京：生活·读书·新知三联书店，1987.

［11］胡塞尔．现象学的观念［M］．倪梁康，译，上海：上海译文出版社，1986.

［12］胡塞尔．纯粹现象学通论［M］．李幼蒸，译，北京：商务印书馆，1996.

［13］伽达默尔．真理与方法［M］．洪汉鼎，译，上海：上海译文出版社，2004.

［14］莱布尼茨．人类理智新论：上册［M］．陈修斋，译，北京：商务印书馆，1982.

［15］康德．任何一种能够作为科学出现的未来形而上学导论［M］．庞景仁，译，北京：商务印书馆，1982.

［16］费尔巴哈．费尔巴哈哲学史著作选：第一卷［M］．涂纪亮，译，北京：商务印书馆，1982.

［17］施皮格伯格．现象学运动［M］．王炳文，张金言，译，北京：

商务印书馆，1995.

[18]笛卡尔.第一哲学沉思录［M］.庞景仁，译，北京：商务印书馆，1986.

[19]福柯.词与物——人文科学考古学［M］.莫伟民，译，上海：生活·读书·新知三联书店，2001.

[20]卡波内.图像的肉身——在绘画与电影之间［M］.曲晓蕊，译，上海：华东师范大学出版社，2016.

[21]休谟.人性论：上册［M］.关文运，译，北京：商务印书馆，1983.

[22]鹫田清一.梅洛－庞蒂：可逆性［M］.刘绩生，译，石家庄：河北教育出版社，2001.

[23]M.A.帕尔纽克.作为哲学问题的主体和客体［M］.刘继岳，译，北京：中国人民大学出版社，1988.

[24]巴赫金.陀思妥耶夫斯基诗学问题［M］.白春仁、顾亚铃，译，北京：生活·读书·新知三联书店，1988.

[25]亚里士多德.形而上学［M］.苗力田，译，北京：中国人民大学出版社，2003.

[26]北京大学哲学系外国哲学史教研室.十六—十八世纪西欧各国哲学［M］.北京：商务印书馆，1975.

[27]谢地坤.西方哲学史（学术版）：第七卷（上）［M］.南京：凤凰出版社，江苏人民出版社，2004.

[28]向达.主体现象学：主体的自由之旅［M］.北京：中国政法大

学出版社，2013.

[29]杨大春.感性的诗学：梅洛－庞蒂与法国哲学主流［M］.北京：人民出版，2005.

[30]杨大春.杨大春讲梅洛－庞蒂［M］.北京：北京大学出版社，2005.

[31]燕燕.梅洛－庞蒂具身性现象学研究［M］.北京：社会科学文献出版社，2016.

[32]张永清.现象学审美对象论——审美对象从胡塞尔到当代的发展［M］.北京：中国文联出版社，2006.

[33]张云鹏，胡艺珊.审美对象存在论：杜夫海纳审美对象现象学之现象学阐释［M］.北京：中国社会科学出版社，2011.

[34]周晓亮.西方哲学史（学术版）：第四卷［M］.南京：凤凰出版社，2004.

[35]张志伟，马丽.西方哲学导论［M］.北京：首都经济贸易大学出版社，2005.

[36]朱立元.西方美学思想史［M］.上海：上海人民出版社，2009.

[37]范文澜.文心雕龙注［M］.北京：人民文学出版社，1958.

[38]刘永济.文心雕龙校释［M］.武汉：武汉大学出版社，2013.

[39]黄侃.文心雕龙札记［M］.上海：上海古籍出版社，2000.

[40]邱世友.文心雕龙探原［M］.长沙：岳麓书社，2007.

[41]戚良德.文论巨典：《文心雕龙》与中国文化［M］.开封：河南大学出版社，2005.

［42］易中天.《文心雕龙》美学思想论稿［M］.上海：上海文艺出版社，1988.

［43］王元化.文心雕龙讲疏［M］.上海：上海三联书店，2012.

［44］张少康.刘勰及其文心雕龙研究.北京：北京大学出版社，2010.

［45］周振甫.文心雕龙今译［M］.北京：中华书局，1986.

［46］吴林伯.《文心雕龙》义疏［M］.武汉：武汉大学出版社，2002.

［47］涂光社.文心十论［M］.沈阳：春风文艺出版社，1986.

［48］陈鼓应.庄子今注今译［M］.北京：中华书局，1999.

［49］安继民.荀子［M］.郑州：中州古籍出版社，2008.

［50］陈鼓应.老子今注今译［M］.北京：商务印书馆，2016.

［51］胡平生，张萌.礼记：下册［M］.北京：中华书局，2017.

［52］胡曲园，陈进坤.公孙龙子论疏［M］.上海：复旦大学出版社，1987.

［53］罗宗强.魏晋南北朝文学思想史［M］.北京：中华书局，1996.

［54］成复旺.神与物游——中国传统审美之路［M］.济南：山东人民出版社，2007.

［55］葛荣晋.中国哲学范畴通论［M］.北京：首都师范大学出版社，2001.

［56］胡经之，李建.中国古典文艺学［M］.北京：光明日报出版社，2006.

［57］胡经之．文艺美学［M］．北京：北京大学出版社，1999.

［58］黄寿祺，张善文．周易译注［M］．上海：上海古籍出版社，2007.

［59］刘方．中国美学的历史演进及其现代转型［M］．成都四川出版集团巴蜀书社，2006.

［60］王永顺．陆机文集·陆云文集［M］．上海：上海社会科学院出版社，2000.

［61］童庆炳．中国古代文论的现代意义［M］．北京：北京师范大学出版社，2001.

［62］童庆炳．中华古代文论的现代阐释［M］．中国人民大学出版社，北京：2010.

［63］汪涌豪．中国古代文学理论体系：范畴论［M］．上海：复旦大学出版社，1999.

［64］汪涌豪．中国文学批评范畴及体系［M］．上海：复旦大学出版社，2007.

［65］王国维．观堂集林［M］．石家庄：河北教育出版社，2003.

［66］徐复观．中国艺术精神［M］．北京：商务印书馆，2010.

［67］杨春时．作为第一哲学的美学——存在、现象与审美［M］．北京：人民出版社，2015.

［68］杨春时．走向后实践美学［M］．合肥：安徽教育出版社，2008.

［69］张立文．心［M］．北京：中国人民大学出版社，1993.

［70］张立文．中国哲学逻辑结构论［M］．北京：中国社会科学出版

社，2002.

［71］张立文.中国哲学范畴发展史（天道篇）［M］.北京：中国人

民大学出版，1988.

［72］朱志荣.中国审美理论［M］.上海：上海人民出版社，2013.

［73］宗白华.宗白华全集：第二卷［M］.合肥：安徽教育出版社，

1994.

［74］张晶.美学的延展［M］.北京：商务印书馆，2006.

［75］周建萍.中日古典审美范畴比较研究［M］.北京：中国社会科

学出版社，2015.

［76］干永昌，等.比较文学研究译文集［M］.上海：上海文艺出

版，1985.

［77］陈良运.中国诗学体系论［M］.北京：中国社会科学出版社，

1992.

［78］曹顺庆.南橘北枳：曹顺庆教授讲比较文学变异学［M］.北

京：中央编译出版，2014.

［79］曹顺庆.中外比较文论史［M］.济南：山东教育出版社，1998.

［80］曹顺庆.中西比较诗学［M］.北京：北京出版社，1988.

［81］陈跃红.同异之间——陈跃红教授讲比较诗学方法论［M］.北

京：中央编译出版社，2014.

［82］范方俊.中西比较诗学的语言阐释［M］.北京：人民出版社，

2013.

［83］何萍.人类认识结构与文化［M］.武汉：武汉出版社，1991.

［84］刘小枫.拯救与逍遥［M］.上海：华东师范大学出版社，2011.

［85］刘介民.中国比较诗学［M］.广州：广东高等教育出版社，
　　　2004.

［86］李泽厚，刘纲纪.中国美学史：第一卷［M］.北京：中国社会
　　　科学出版社，1984.

［87］李泽厚，刘纲纪.中国美学史：第二卷［M］.北京：中国社会
　　　科学出版社，1987.

［88］李泽厚.中国古代思想史论［M］.北京：人民出版社，1986.

［89］马林.思维科学知识读本［M］.北京：中共中央党校出版社，
　　　2009.

［90］荣开明.现代思维方式探略［M］.武汉：华中理工大学出版
　　　社，1989.

［91］夏甄陶.认识论引论［M］.北京：人民出版社，1986.

［92］夏甄陶.思维世界导论：关于思维的认识论考察［M］.北京：
　　　中国人民大学出版社，1992.

［93］杨乃乔.比较文学概论［M］.北京：北京大学出版社，2014.

［94］杨乃乔.东西方比较诗学——悖立与整合［M］.北京：文化艺
　　　术出版社，2006.

［95］张世英.天人之际：中西哲学的困惑与选择［M］.北京：人民
　　　出版社，1995.

［96］张思齐.诗心会通——张思齐教授讲东西比较诗学［M］.北
　　　京：中央编译出版社，2014.

（二）中文论文

[1]党圣元.中国古代文论的范畴和体系[J].文艺评论，1997（1）.

[2]古风."意象"新探[J].社会科学战线，2016（10）.

[3]史忠义.西方感知现象学与中国感物说[J].深圳大学学报，
2007（6）.

[4]王南湜.中西思维方式的差异及其意蕴析论[J].天津社会科学，
2011（5）.

[5]王树人.中国象思维与西方概念思维之比较[J].学术研究，
2004（10）.

[6]杨春时.中华美学的古典主体间性[J].社会科学战线，2004
（1）.

[7]杨春时.主体性美学与主体间性美学[J].东南学术，2004
（增刊）.

[8]赵小琪.比较文学的主体间性论[J].安徽大学学报，2010（2）.

二、外文文献

[1]Edmund Husserl. Ideas Pertaining to a Pure Phenomenology and
to a Phenomenological Philosophy, Second Book Studies in the
Phenomenology of Constitution [M]. Translated by Richard
Rojcewicz and André Schuwer. Dordrecht: Kluwer Academic
Publishers, 1989.

[2]Martin Heidegger.Nietzsche(Vol.3): The Will to Power as Art [M].

Translated by David Farrell Krell. New York: Harper&Row, 1979.

［3］Monika M. Langer. Merleau Ponty's Phenomenology of Perception ［M］. London: Macmillan Press Ltd, 1989.

［4］Maurice Merleau-Ponty.The Structure of Behavior ［M］. Translated by Alden L.Fisher, Boston: Beacon Press, 1967.

［5］Maurice Merleau-Ponty. Phenomenology of Perception ［M］. Translated by Cólin Smith, London & New York: Routledge, 2002.

［6］Maurice Merleau-Ponty. Sense and Non-Sense ［M］. Translated by Herbert L. Dreyfus and Patricia Allen Dreyfus, Evanston: Northwestern University Press, 1964.

［7］M.C.Dillon. Merleau Ponty's Ontology ［M］. Bloomington and Indianapolis: Indiana University Press, 1988.

后　记

　　《物感与知觉的相遇：刘勰与梅洛－庞蒂诗学中的心物关系结构论比较研究》一书是在我的硕士学位论文基础上润色修改而成。在硕士学习阶段，我对中西比较诗学研究产生了浓厚兴趣，在导师的指导下比较系统地阅读了国内外相关经典理论原典和研究文献。最终，我选择了中国传统"物感"诗学和西方现象学"知觉"诗学作为比较研究的对象，进而展开了一番惊险而刺激的探索之旅。

　　论文写作的过程并不顺利，需要解决的问题很多。首先，如何构建可以进行比较研究的对话平台，并在此基础上进行探同析异的比照研究和对话阐述，这是这项研究得以展开的前提；其次，如何在诗学研究框架下对两个对象进行可比性分析和理论界定，这决定了整篇文章的结构布局；最后，怎样聚焦具体的理论问题并进行对话性阐释，这个过程决定了论文是否有一定的学术创见。经过反复思考和多番调整，我选择把诗学层面"心物关系"问题的探讨作为比较阐释的核心问题，在范畴、思维、体系、话语四个层面展开富有结构性和层次性的对话言说，构建起古今中外四方对话的框架。同时，还聚焦审美对象、审美经验、审美理想等美学领域的比较，也对几组话语概念进行了辨析和比较。诚然，异质性诗学对话本身难度很大，对作者的行文逻辑和思辨能力要求很高，这对当时的我来说是不小的挑战，因此，论文的行文思路、研究方法以及部分观点存在一些不足之处。但是，通过对结构层次的比较与理论可通约性的追问，还是收获了对中西诗学"心物关系结构"这个命题的新认识，这也是一次中国传统诗学理论与域外诗学资源对话和交流的过程。

本书在总体结构和行文风格方面基本保留了学位论文原貌，修改了部分不恰当的表述。人的学识随着时间的推移和阅历的增长在不断提升，感慨曾经创作时不经意的灵光乍现，也鞭策自己在以后的学术研究之路上不断精进、不懈努力。希望这部书的出版可以得到学界师友的批评和指正，以便进一步提高自己，这对我来说将是莫大的欣慰和快乐。

在此，向我的硕士导师、武汉大学文学院赵小琪教授表示衷心的感谢，论文在写作以及成稿过程中得到赵老师的悉心指导，令我深受感动。中国言实出版社的相关人员业务精湛，责任心强，在书稿编辑和出版的过程中提供了宝贵的建议和热情的帮助，在此一并致谢。

王光祖

2024 年 10 月 12 日